WISHBOOKS GAME FANTASY STORY

 **19**

비츄 게임 판타지 장편소설

초판 1쇄 찍은 날 | 2019년 10월 15일
초판 1쇄 펴낸 날 | 2019년 10월 22일

지은이 | 비츄
펴낸이 | 예경원

기획 | 위시북스
편집책임 | 이은송
편집 | 위시북스

펴낸곳 | 예원북스
등록번호 | 제396-2012-000132호
등록일자 | 2012. 7. 25
KFN | 제1-476호

주소 | 경기도 고양시 일산동구 호수로 646-24 위너스21II빌딩 206A호 (우)10401
전화 | 031-819-9431 팩스 | 031-817-9432
E-mail | yewonbooks@naver.com

ISBN 979-11-365-0418-0 04810
　　　979-11-6098-880-2 (set)

19

만렙
플레이어

WISHBOOKS GAME FANTASY STORY
비츄 게임 판타지 장편소설

Wish
Books

CONTENTS

1장
절대악 가라사대

한주혁에게 알림이 들려왔다.

-현시점에 있어서 '가디언즈 미니언'은 권속으로 인정됩니다.

-일정 지역 내에서 가디언즈 미니언이 획득한 경험치가 플레이어에게 소급 적용됩니다.

-성좌와의 특수한 관계를 확인합니다.

경험치만 획득한 게 아니었다.

-3번 성좌. 다르크를 사살하였습니다.

-4번 성좌. Siri를 사살하였습니다.

3번 성좌를 죽였고 4번 성좌를 죽였다. 그게 전투 결과창에 고스란히 적용됐다.

<전투 결과>

　1. 1번 성좌 루펜달 (0/3)

　2. -

　3. 3번 성좌 다르크 (3/3) -보상 확인

　4. 4번 성좌 Siri (2/3)

　5. -

　6. 6번 성좌 ? (0/3)

　7. 7번 성좌 루나 (1/3)

한주혁이 씨익 웃었다.

'참 좋네.'

참 좋은 정도가 아니다. 그냥 구경만 했다. 그랬더니 선 조치 후 보고가 전해져 왔다.

'선 조치가 성좌들을 조진 거고.'

후 보고가 이런 알림음이라니. 이런 선 조치 후 보고. 너무 좋다.

'보상 확인.'

시간 끌 필요 없었다. 보상을 바로 확인했다. 3번 성좌를 세 번 사살한 것에 대한 보상. 예전, 한주혁을 조금이나마 귀찮게

했던 '신실한 처단자' 다르크를 세 번 죽인 것에 대한 보상을 확인했다.

-보상이 주어집니다.
-'자격의 열쇠'가 주어집니다.

<자격의 열쇠>

　진귀한 보물을 녹여 만든 상서로운 열쇠입니다. 마법의 힘이 느껴집니다.

　+상세설명

상세설명을 열어봤는데.

<상세설명>

　-?

물음표로 표시되어 있었다.
한주혁은 고개를 갸웃했다.
상서로운 열쇠. 마법의 힘.
'성좌를 세 번 죽인 것에 대한 보상인데.'
말 그대로 '메인 시나리오 퀘스트'의 보상이다. 쓸데없는 것을 줬을 리는 없다. 현재 자세한 설명을 확인할 수 없을 뿐.

"베르디. 이 열쇠에서 뭔가 느껴지는 게 있나?'"

베르디가 열쇠를 받아 들었다.

"마나를 응축하고 있는 열쇠인 것 같사와요. 제가 모르는 물질로 만든 것이어요. 누군지 모르겠지만 대단한 실력을 가진 연금술사가 제련한 물건 같사와요."

"어디다 쓰는 건지는 모르고?"

"잘 모르겠어요. 베르디, 열심히 더 공부할게요."

마법의 힘이 느껴진다 하여, 혹시 베르디가 알 수도 있다 생각했건만. 베르디도 모르는 모양이었다.

"그렇지만 특별한 힘이 느껴지기는 한답니다. 고귀한 어떤 기품 같은 것이 느껴져요. 주군께서는 분명 좋은 아이템을 손에 넣으신 것이어요. 경하드려요. 오라버니."

베르디가 활짝 웃었다. 뭐가 어찌 됐든, 한주혁에게 좋은 것이 들어가면 기쁜 듯했다.

한주혁은 다시 한번 '자격의 열쇠'를 살펴봤다.

'이후에 분명 쓰게 되겠지.'

인벤토리에 넣어놨다. 그때. 워프 포탈을 통해 무엇인가가 모습을 드러내기 시작했다.

"미니!"

"미니!"

가디언즈 미니언들이 하나하나 모습을 드러냈다.

"미니미니미니미니!"

서로 경쟁하듯 한주혁을 향해 뛰었다. 미니언들의 손에는 뭔가 하나씩이 들려 있었다.

'어? 이건?'

케르핀의 낙서장을 받아 든 한주혁의 얼굴에 웃음꽃이 폈다.

'개이득!'

모르긴 몰라도 이 가디언즈 미니언이라는 놈들. 아주 마음에 드는 놈들이다.

"잘했다. 미니들."

한주혁의 말에 가디언즈 미니언들이 망치를 들어 올리며 외쳐댔다.

"미니미니미니미니!"

한주혁은 씨익 웃었다.

'좋다. 아주아주 좋다……!'

블랙 스톤을 투자한 것만큼 좋은 건지는 모르겠다만 레벨 300이 넘는 꼬붕들이 이렇게 많이 생겼다.

-가디언에 저장된 정보 영상이 있습니다.

-가디언에 저장된 정보 영상은 원격으로도 확인이 가능하며, 3일간 보관 뒤 자동으로 삭제됩니다.

선 조치 후 보고. 이렇게 좋을 수 없다. 사용자를 굉장히 배려한 시스템인 것 같다. 편의상 '정보 영상'이라고 표시된 것 같은데, 일반적인 영상은 아니었다.

-플레이어의 지능을 확인합니다.
-원격 정보 영상 전송을 위하여 200 이상의 지능이 필요합니다.
-정보 영상이 전송됩니다.

한주혁의 머릿속에 정보가 다이렉트로 전송되었다.
'이야.'
고대의 마법병기라더니. 그 값을 하는 것 같다.
'내 눈으로 직접 보는 거 같네.'
영상을 확인하니 가관이었다.
미니! 미니! 를 외치며 뽝! 뽝! 망치를 휘두르자 검은 잿더미
에서 반짝반짝 빛나는 아이템들이 퐁퐁 솟아 나왔다.
'레벨 300대 꼬붕들이라니.'
이렇게 좋은 꼬붕들이 또 있단 말인가. 게다가 꼬꼬 못지않
은 식탐(?)까지 가지고 있다. 아주 유익한 식탐이다.
'근데……'
한주혁은 한 미니언이 전해준 두루마리 하나를 보고서 표
정이 굳었다.
베르디가 뭔가 이상함을 눈치챘다.
"주군 오라버니. 왜 그러셔요?"
한주혁이 두루마리의 내용을 살폈다. 두루마리는 일종의

아이템이었다. 그것도 굉장히 고급 아이템.

'에르페스 제국의 직인이 찍혀 있네.'

한주혁은 메인 시나리오 퀘스트를 진행하면서, 고급 문서를 접해봤다. 적대악으로부터 제국의 서신을 받았을 때, 대사제 제라툰으로부터 서신을 받았을 때.

'내가 제국으로부터 인정받았을 때.'

전부 제국의 인장이 찍혀 있었다. 이것은 모조할 수가 없다. 시스템적으로 아예 '에르페스의 인장'이라고 인식되도록 만드니까.

'제국이 직접 만든 문서다.'

황제가 됐든, 대공이 됐든. 어쨌든 대단히 높은 누군가가 도장을 찍은 문서라는 얘기다.

문서의 이름이 낯이 익었다. '신귀족 프로젝트'였다.

'신귀족 프로젝트. 단순히 현실에서 계급을 나누는 게 아니었어.'

절대악의 지지 덕택에 대통령이 된, 그렇지만 국민 지지율이 80퍼센트를 웃도는 젊은 대통령 조해성. 그가 자리에서 벌떡 일어섰다.

"뭐라고요?"

자리에 앉아 문서를 유심히 살펴보는 조해성의 이마에 주름살이 깊어졌다.

"저번에는…… 유야무야 넘어갔었죠."

그가 주먹을 불끈 쥐었다.

"결코, 용서할 수 없습니다."

전 대통령은 탄핵당하여 현재 감옥에 수감되어 있다.

그렇지만 국정 농단의 주체라 할 수 있던 태르민 일가는 교묘하게 법망에서 빠져나가 있는 상태. 애초에 검찰은 물론이거니와 기득권의 대부분이 태르민에게 거의 조종당하다시피 하고 있는 상황이다. 조해성도 그 사실을 알기에 태르민 일가를 대놓고 저격할 수 없었다.

그런데 이제는 아니다.

"정보의 출처는 어디입니까? 신뢰할 만한 정보입니까?"

"정보의 출처는……."

"확실하지 않으면 안 됩니다. 지난 수십 년간, 어쩌면 그보다 더 긴 시간 동안 대한민국이 태르민 일가의 손아귀 안에서 놀아났습니다."

조해성이 태르민에 대해서 아주 정확하게 아는 건 아니다. 하지만 엄청난 능력을 가졌다는 건 안다. 올림푸스 세계의 힘을, 현실로까지 끌어와서 사용할 수 있는 서의 유일무이한 인간.

"잘못하면…… 역으로 이쪽이 다칩니다."

아무리 전 국민의 지지율이 있다 할지라도, 그래도 태르민 일가의 힘은 무섭다. 정보의 출처가 대단히 중요했다.

그때 대통령에게 전화가 걸려왔다. 대통령실로 연결되는 직통 전화다. 이 핫라인을 사용할 수 있는 사람은 몇 없다.

-여보세요.

조해성이 다시금 자리에서 벌떡 일어섰다. 저도 모르게 두 손으로 전화를 받았다.

그의 얼굴에 화색이 돌기 시작했다.

"그, 그것이 정말입니까?"

조해성의 음성이 떨리기 시작했다.

'이 정보의 출처가……!'

다른 사람이면 어떨지 모르겠는데.

'절대악이었다고?'

그래, 이러면 말이 된다. 태르민 일가가 에르페스 제국과 함께 진행하고 있던 프로젝트. 이 프로젝트의 비밀을 세상에 까발릴 수 있는 사람. 절대악이 아니면 누구겠는가.

전화를 끝마친 대통령이 숨을 몇 번 들이마셨다.

"정보의 출처가 절대악이었습니까? 빨리 말해주셨으면 좋았을걸요."

이보다 확실할 수 없다. 왜냐하면 상대가 절대악이니까. 그 것 말고 또 다른 이유는 필요 없다.

비서실장이 말했다.

"절대악께서 JTBN을 통해 발표할 것이라 합니다. 진정한 신귀족 프로젝트에 대해서 말입니다.”

　조해성이 고개를 끄덕였다. 그의 손이 바들바들 떨렸다. 그
는 한국의 대통령이기도 하지만, 절대악의 팬이기도 했다.

　‘절대악이 또…….’

　또 일을 낼 것 같다. 아닌 말이 아니라, 한국에 이 사람이 있
어서 정말 다행이란 생각이 들었다. 절대악이 없었다면 자신
이 대통령이 되는 일도 없었을 거고, 대한민국을 좀 먹고 있는
수많은 부조리와 적폐를 청산할 수도 없었을 거다.

　‘물론 아직도 갈 길이 멀다.’

　그렇지만 ‘0’과 ‘1’은 분명히 다르다. 없음과 있음의 차이다.
절대악 열풍, 아니 절대악 폭풍으로 시작한 대한민국의 변화
는 현재 진행형이다.

　절대악에 대해 감탄하는 한편, 대통령이자 한 명의 인간인
조해성은 분노했다.

　‘태르민 일가도 제정신이 아니군.’

<hr />

　예전 대연합들이 주축이 되어 진행했었던 ‘신귀족 프로젝트’
는 빙산의 일각이었다는 사실이 밝혀졌다.

　-의문의 죽음. 올림푸스 속 살인?

-올림푸스에서 현실의 몸을 죽일 수 있다?

사실 이에 대한 내용은 오래전부터 거론되던 얘기였다. 그러나 믿는 사람은 많지 않았다. 그냥 도시 괴담. 혹은 루머나 음모론에 불과했다.

-두루마리의 형태로 발견된 '신귀족 프로젝트'.

그러나 그것의 실체가 어느 정도 밝혀졌다. 에르페스 제국의 인장이 찍혀 있는, 공증이 가능한 문서에 구체적인 내용이 있었다.

-플레이어의 계급화.
-플레이어의 노예화.

주된 골자는 플레이어의 '계급화'와 '노예화'였다.
"올림푸스에서 현실의 몸을 죽일 수 있으면…… 절대적인 권력을 가질 수 있게 되겠지."
애초에 그런 개념 자체가 없었다. 올림푸스에서 어떻게 현실의 몸을 죽인단 말인가.
"태르민 일가라는 놈들이 대연합장들과 연합해서 그걸 진행했다는 거 아냐? 내가 지금 꿈을 꾸나?"

"이 얘기, 분명 음모론이라고 그랬었는데."

태르민 일가에 대한 내용이 대중에 뿌려졌다.

"말도 안 돼. 어떻게 이럴 수가 있냐?"

"이걸 지금 믿으라고?"

믿을 수 없는 일이지만.

"절대악이 영상까지 내보냈잖아. Siri가 절규하는 영상. 그리고 제국의 도장이 찍혀 있는 문서까지."

뿐만 아니라 절대악 타운에서 보호받고 있는 사람들의 생생한 증언까지.

"결국 음모론에 불과하던 것이 진짜였다는 소리지."

"권력을 잡아서…… 플레이어들을 노예로 만들고, 자신들은 그 위에 군림하겠다는 거야?"

신귀족 프로젝트의 전말이 밝혀졌다. 이른바 '신귀족'들은 '중간 관리자'의 역할을 하게 되는 거다. 그들이 말하는, 상위 1퍼센트의 플레이어들이 제국과 결탁하여 나머지 99퍼센트를 착취하는 구조를 공고히 만들려고 했었다.

"이거 개새끼들이네."

"기존 대연합장 새끼들도 이거 알고 있었던 거지?"

대연합장을 비롯하여 기존 사회 기득권층. 이른바 '대중은 개돼지다'라고 주장했던 수많은 정치인들은 집 밖으로 나오지도 못했다.

"예전에 그거, 살인죄로 다스려야지."

의문의 살인을 당했던, 도시 괴담쯤으로 여겨졌던 얘기들이 사실로 드러나면서 여론이 극에 달했다. 결국 검찰도 태르민 일가에 대해 수사하겠다고 나설 수밖에 없었다.

한주혁이 말했다.

"맞아. 아주 개새끼들이지."

도저히 그냥 봐줄 수가 없다.

"그치? 아주 쓰레기들이야. 어떻게 현대 사회에서 이런 일이 벌어질 수가 있어? 이미 알고 있었는데, 더더욱 알게 됐어. 걔네가 쓰레기라는 걸."

예전 성좌들끼리 만났을 때부터 느꼈다. 나는 귀족이고, 너는 서민이야. 그 마인드가 가득 차 있던 성좌들. 애초에 개념과 생각 자체가 많이 다르다.

'애초에 그러니까 이딴 말도 안 되는 프로젝트를 기획했지.'

기획자가 태르민이었다.

"오빠. 어떻게 할 거야?"

"어떻게 하긴. 여태까지 관련 법령이 없다면서 기피하던 검찰이 드디어 움직이기 시작했잖아."

"검찰이 움직이면 뭐가 되긴 돼? 어차피 걔네도 수뇌부는 한편이잖아."

"이번에 제대로 안 하면, 검찰총장이든 뭐든 길 가다 돌 맞아 죽을걸?"

국민적 분노가 극에 달했다. 톡 건드리면 폭발할 것만 같은 상황.

한주혁이 말을 이었다.

"근데 말이야."

씨익 웃었다.

"이게 끝이라고 생각해?"

한마디 더 했다.

"내가 검찰보다 좀 더 무서울걸?"

도렌트는 기회를 잡았다고 생각했다.

'지금이 기회다……!'

친 절대악 노선. 이것은 틀린 길이 아니다. 비록 지지자 중 일부를 잃었지만, 일부를 잃고 다수를 얻었다. 그래서 결정했다.

"미국의 명예를 걸고서라도, 절대악을 반드시 돕도록 하겠습니다."

지금 전 세계가 충격에 빠져 있다. 한국에서 진행되었던 '신귀족 프로젝트'의 진실이 까발려진 상태.

"올림푸스 내에서의 살인이라니, 있을 수 없는 일입니다."

"그렇죠. 있을 수 없는 일이죠."

"최선을 다하겠습니다."

도렌트는 서두르지 않았다. 일단 절대악에게 환심을 사서, 절대악과 밥 한 끼 제대로 하는 게 목표다.

그는 한국의 경우를 봤다. 절대악과 밥 먹었더니 지지율 0퍼센트의 후보가 대통령에 당선되지 않았던가. 최선을 다하기로 했다.

도렌트만 말을 전해온 게 아니었다. 현 미국 대통령도 캡틴을 통해 말을 전해왔다.

"미국에서도 이와 유사한 사례가 몇몇 발생했었습니다."

"그래요?"

한주혁은 어깨를 으쓱했다.

"미국에서도 올림푸스를 플레이하다가 죽은 플레이어가 있었나 봐요."

그러한 얘기는 이미 도시 괴담처럼 나돌고 있던 상황이다. 다만, 대다수의 플레이어가 믿지 않을 뿐.

한주혁의 눈이 가늘어졌다.

'이번 기회에 싹을 뽑겠다는 건가.'

여태까지 올림푸스를 플레이하다가 사망한 사례들을 걸고 넘어질 것 같다. 그중에는 정말로 태르민이나 에르페스 제국의 NPC 때문에 죽은 플레이어가 있을 수도 있지만, 알 수 없는 어떤 이유로 죽은 플레이어가 있을 수도 있다.

'그 모든 것들을 태르민에게 돌리겠다는 거네.'

한주혁은 딱히 반대하지 않았다. 이 반인륜적인 프로젝트에 전 세계가 함께 공분하고 있다.

"그에따라 FBI가 집중적으로 태르민에 대하여 조사할 것입니다. 물론."

미국이 조사하겠다고 해서, 바로 조사할 수 있는 건 아니다.

"한국 대통령과도 이야기를 해놓은 상태입니다. 한국과 미국이, 역사상 유례없는 긴밀한 협조를 통해 반인륜적인 범죄를 저지르고 있는 태르민 일가를 단숨에 잡아낼 것입니다. 대통령께서는 그렇게 말씀하셨습니다."

"그렇군요."

그때 한주혁 옆에서 캡틴의 말을 듣고 있던 시르티안이 중얼거리듯 말했다.

"화끈하지는 못하네요."

"……예?"

그게 무슨 뜻인고 하니, 러시아에서는 이미 태르민을 발견하는 즉시, 이유를 불문하고 체포하여 감금하라는 명령이 떨어졌단다. 그의 신변을 구속하여 절대악에게 그 처분을 넘기겠다는 얘기였다. 반항하면 사살해도 좋단다. 아니, 반항하면 그냥 머리에 총구멍을 내놓겠다고 했다.

"러시아라는 나라가 화끈하더군요. 태르민을 발견하는 순간, 머리에 총구멍을 내놓는다고."

"······아."

캡틴은 말하고 싶었다.

'현대 사회에서 그게 가능합니까?'

다짜고짜 감금하는 것이 현대 사회에서 어떻게 가능하단 말인가. 그런데 시르티안은 그걸 높이 보는 것 같다. 러시아를 '화끈하다'라고 표현했다.

'아서 광산으로 인해 절대악의 심기가 조금 어지러워진 상태.'

더 직설적으로 말하자면 절대악의 기분이 조금 나빴었다. 지금은 눈치를 봐야 할 때다.

"미국은 자유롭지만 정의로운 국가입니다. 러시아처럼 말할 수는 없습니다."

그 말에 시르티안이 만족한 듯 씨익 웃었다.

"말은 할 수 없군요."

말은 못 해도 행동은 할 수 있다. 시르티안의 웃음은 그런 의미였다. 말로는 못 해도, 행동으로 보여줘라.

절대악, 한주혁은 차를 마셨다. 시르티안이 알아서 해주고 있다. 캡틴이 비장한 표정으로 말했다.

"미국은 최선을 다할 것입니다."

미국이 나섰고 러시아가 나섰다. 그것뿐만이 아니었다. 세계 각국이 이 반인류적인 프로젝트를 앞다투어 비난하고 나섰다.

물론 캡틴은 정확하게 알고 있었다.

'전 세계가 비난 행렬에 동참하고 있는 건.'

그들이 정말로 정의롭고, 반인륜적인 프로젝트를 증오해서 가 아니다.

'절대악에게 잘 보이기 위한 거겠지.'

이미 세계의 수뇌부들은 판단한 거다. 미지의 힘을 가진 태르민보다는, 세계의 영웅인 절대악 쪽의 줄이 더 튼튼하고 훌륭하다는 것을.

조해성이 한주혁에게 말했다.

"인터폴 적색 수배가 내려진 상태입니다."

인터폴. 세계 각국 경찰들의 협력체로, 말하자면 세계 경찰 쯤 된다.

적색 수배가 내려졌다. 이제 태르민을 비롯한 태르민 일가 의 일원들은 전 세계의 수배자가 됐다.

"다만 한국으로 넘어왔을 때 어떻게 될지 모르겠습니다. 어 디까지가 태르민의 수하일지 모르겠어서요."

대통령인 조해성은 자신 주변의 사람들도 믿지 않는 상황이 다. 태르민은 현실에서도 능력을 행할 수 있다. 정신 지배까지 하는, 유일무이한 인간이다. 당장 자신의 비서실장만 하더라 도 태르민에게 지배당하고 있을지도 모를 일이다.

한주혁이 말했다.

"그럴 바에야 아예 러시아에서 잡아버리는 것도 괜찮겠네요."

시르티안의 표현을 빌리자면 '화끈한' 러시아에서 태르민을 잡는 것도 나쁘지 않을 것 같다.

조해성이 머리를 숙였다.

"또다시 감사드립니다."

"뭘요."

한주혁은 별로 한 게 없다. 일은 '미니미니미니미니!'를 외치는 가디언즈 미니언과 JTBN 손석기. 그리고 미국 대통령과 러시아 대통령이 다 했다.

'내가 한 거라곤.'

블랙 스톤을 많이 쓴 것뿐. 블랙 스톤을 좀 썼더니 태르민에게 적색 수배가 떨어졌다.

"절대악이 든든히 버텨주시기에 제가 대통령 노릇을 하고 있을 수 있다고 생각합니다."

한주혁이 머리를 긁적거렸다. 딱히 대통령 노릇을 잘하게 하려고 한 건 아니다.

그냥 밥 한번 같이 먹고, 이 사람 괜찮은 것 같다고 말 한마디 거들었을 뿐이다. 그리고 자신은 절대악 메인 시나리오 퀘스트를 진행하고 있을 뿐이고.

"절대악이 있어서. 한국이 바른길로 나아갈 수 있습니다."

"너무 금칠하시네요."

만약 루펜달이 이 말을 들었다면 '너무 당연한 말을 하시네요, 대통령님. 좀 더 참신한 칭찬 없습니까?'라고 말했겠지만.

"금칠이 아닙니다. 저는 정확한 현실을 말씀드리고 있는 것입니다. 거듭, 고개 숙여 감사드립니다."

각국 정보기관과 수사기관들이 적당한 '명분'을 가지고 움직이기 시작했다.

'그래. 뭐, 이 정도는 되어야지.'

한국 검찰이 움직여 봤자다. 한주혁은 그렇게 판단하고 있다. 움직이려고 했다면 진작 움직였을 거다.

하지만 이제는 상황이 조금 달라졌다. 전 세계가 눈에 불을 켜고 태르민을 찾고 있다.

조해성이 조심스레 말했다.

"그런데……. 태르민의 존재가 잡히지 않습니다."

"그렇겠죠."

"태르민의 주민등록번호조차 말소된 상태입니다. 서류상으로는 이미 10년 전에 사망했더군요."

"그래요."

예상하지 못했던 건 아니다. 서류상으로는 없는 사람. 그러나 분명히 실존하는 사람. 현실에까지 영향을 끼칠 수 있는 사람. Siri의 아버지이자, 유리아의 할아버지. 대연합장들을 발밑에 놓고 부리던 흑막 같은 존재.

"그 대단하다는 태르민이니까요."

간단하게 잡힐 리 없다. 그 정도로 어설펐다면 이렇게 한국이라는 나라 전체를, 뒤에서 조종할 수 없었을 테니까.

한주혁이 말했다.

"하지만 드러난 흑막은 더 이상 흑막이 아닙니다."

그러자 조해성이 이렇게 대답했다.

"최선을 다하겠습니다."

형렐루야를 중심으로 하여 한 가지 얘기가 퍼졌다.

-절대악 가라사대 태르민이 나쁜 놈이라 하시니, 그가 곧 악인이라. 아서복음. 1장 1절 말씀. 형멘.

현실에서 태르민을 찾는 움직임이 분주해졌다. 전 세계가 움직이고 있다고 해도 과언이 아니었다. 현실 속 태르민을 찾는 것은 그들에게 맡겨두고, 한주혁은 올림푸스에 접속했다.

'얼른 히든 피스 깨야지.'

이름부터가 심상치가 않다.

'이름이 숨겨진 보물이잖아?'

대놓고 나 보물이오, 하고 주장하고 있는 히든 피스다. 반드시 얻어야만 한다.

'블랙 스톤 50개 썼다.'

그 값은 해야 하지 않겠는가.

물론 레벨 300이 넘는 수백 개체의 부하들을 얻었고, 그들이 '채굴 능력'까지도 갖고 있어서 아서 광산의 몬스터 스톤을 채굴하는데 별다른 인건비가 들지 않는다는 것은 잠시 잊기로 했다. 또한 가디언이 뉴클리안마저 막아내는 고대 병기라는 사실도 잠시 잊기로 했다.

지금 중요한 건 '숨겨진 보물'이라는 히든 피스다.

"팬더. 준비는?"

"맡겨만 주십시오. 최선을 다하겠습니다."

최선을 다하겠다는 말. 요즘 많이 듣는 거 같다. 어쨌든 팬더와 베르디가 준비를 끝냈다.

한주혁 옆에 천세송이 섰다.

"나도 준비됐어."

천세송은 요즘 굉장히 흡족한 상태다. 미스 에르페스 대회도 곧 결승전이다. 딱 두 명 남았다. 오빠에게 '면책 특권'을 선물할 수 있을 것 같다.

천세송은 더없이 만족한 표정으로 배시시 웃었다.

"가디언. 볼 때마다 듬직한 것 같아."

애초에 '성 속성'을 가진 플레이어는 적으로 간주되어 들어오자마자 가디언즈 미니언에게 사살당한다. 게다가 미니언의 최저 레벨이 300이 넘으니, 플레이어로서는 상대할 사람이 없다.

"가디언 덕택에 아서 광산 털릴 일도 없고. 진짜 좋은 것 같아."

미국이 여기에 눈독 들였을 때 그녀는 화가 많이 났었다.

천세송 본인이 한주혁의 재산을 자신의 것이라고 생각하지는 않지만, 그래도 미래의 남편이 힘겹게 얻은 것을 탐내는 놈들은 전부 나쁜 놈들이다. 그녀는 그렇게 생각했다. 말하자면 내 남편 것은 내가 지켜. 그 정도 마인드다.

"가디언의 방어를 뚫으려면 데미안 정도는 와야 하는 거지?"

"그렇지 않을까?"

데미안 정도는 와야 가디언의 보호를 받고 있는 아서 광산에서, 아서의 허락 없이 채굴할 수 있을 것이다. 물론 그 정도의 능력을 가진 NPC들이 굳이 여기까지 와서 채굴을 할 이유도 없겠지만.

팬더가 비장한 표정으로 말했다.

"주군. 이동하겠습니다. 제가 앞장서겠습니다."

바로 얼마 전. 베르디를 붙잡고 '나는 방사능 핵폐기물이야'라고 고백했었다. 이번에는 반드시.

'반드시 주군께 도움이 되고 만다!'

반드시 그래야만 했다. '숨겨진 보물'이라는 이름을 가진 히든 피스, 히든 필드를 향해 걸음을 옮겼다.

알림이 들려왔다.

-히든 피스 '숨겨진 보물'에 입장합니다.
-히든 피스 '숨겨진 보물'은 입장과 퇴장이 자유롭지 못합니다.

-히든 피스 '숨겨진 보물'의 클리어 기회는 1회입니다.

한주혁이 주변을 둘러봤다.

'여기는……?'

아무것도 없었다. 하얀색 도화지 위에 서 있는 것 같았다. 느낌이 영 묘했다. 도화지 위의 사람이 된 것 같은, 말하자면 2D 캐릭터가 된 것 같은 오묘한 기분이었다.

'안전지대는 없고.'

주변은 온통 하얀색뿐. 팬더가 아주 조심스레 한 걸음을 옮겨봤다.

"주군. 이걸 보십시오. 제가 움직인 루트를 따라 검은색 실선이 생기고 있습니다."

팬더의 말은 사실이었다. 꽤 굵은, 검은색 줄이 생겼다. 마치 도화지 위에 그림을 그리는 것 같았다.

"일단 우리는 움직이지 않고 살펴보는 게 좋을 것 같군."

"그렇습니다."

그 말에 천세송도 몸에 힘을 줬다. 괜히 움직여서 오빠와 팬더에게 방해가 될 수는 없으니까.

한주혁은 광역 탐지를 통해 주변을 살폈다.

'아무것도 느껴지지 않아.'

안전지대도 없었고 몬스터의 기운도 느껴지지 않는다.

'너비도 파악 불가.'

반경 수십 ㎞까지도 파악하는 광역 탐지다. 그런데 이 필드, '숨겨진 보물'의 끝이 어디인지 느껴지지 않는다.

"물리적으로 한계가 없는 공간인가?"

"반드시 그런 것 같지는 않습니다."

팬더가 무언가를 생각해냈다. 그동안 절치부심했다. 더 이상은 후쿠시마 방사능 핵폐기물로(사실 팬더는 이게 무슨 뜻인지 잘 모른다. 베르디에게 아주아주 나쁜 말이라는 것만 배웠다) 살아갈 수 없다. 주군께 반드시 도움이 되어야 한다. 단순 최선을 다하는 것만으로는 안 된다.

'주군께 도움이 된다!'

하다못해 뿅망치를 휘두르며 미니미니를 외쳐대는 놈들도 한 건 하지 않았는가.

'잘해야 한다!'

실적을 내야 했다.

'나는 핵폐기물이 아니다!'

그 절박함이 팬더의 머리를 맹렬하게 회전시켰다. 팬더가 무언가를 깨달은 듯 말했다.

"주군. 어쩌면 이것은……."

2장
블랙 다이아

팬더가 말했다. 하얀색 도화지에 그림을 그리는 형태인 것 같다고.

"저희는 이미 지도를 가지고 있습니다."

팬더가 아서 광산의 지도를 꺼냈다.

지난 며칠간 더 꼼꼼하게 작업했는지, 샛길까지도 모조리 표시가 되어 있었다. 지도를 가지고 있고, 그 지도를 읽을 수 있는 사람이라면 1층과 지하 1층에서 길을 잃을 수 없을 정도였다.

"주군께서도 아시다시피 허리 부근이 비어 있습니다."

한주혁이 고개를 끄떡였다. 그도 익히 알고 있는 사실이다.

한주혁이 말했다.

"그렇다면 이번에는 반대로 우리가 지도를 채워 넣어야 한다는 건가?"

"그럴 가능성이 매우 높습니다."

한주혁은 잠시 눈을 감았다.

'지도의 형상과 가디언의 모습이 일치했었다.'

더 정확히 말하자면.

'그때 튀어나왔던 마법회로들. 그것도 일종의 단서.'

광산 내부 사이사이에 나 있는 길들이 가디언의 핏줄. 그러니까 마법회로와 같았다. 가디언이 폭발할 듯 팽창했었던 그때, 그 핏줄마저도 이 광산에 대한 단서를 주고 있었던 거다.

팬더가 말을 이었다.

"또한 주군께서 기억하시고 계시듯, 가디언의 허리 부근은 꽤나 정밀하게 만들어져 있었습니다."

"그랬지."

허리띠가 있고 몇 개의 보석(이라 짐작되는)이 박혀 있는 허리 부근. 그렇다면 지금 우리가 움직여서 필드를 완성시켜야 한다는 얘기가 된다.

'재미있겠어.'

특출한 몬스터는 없지만, 오히려 난이도가 훨씬 높다. 땅을 보고 지도를 만들었었는데, 이제는 지도를 보고 땅을 만들어야 하는 상황이고. 그런데 그 지도는 밖에 있다. 지도가 바로 가디언이니까.

'그런데……'

약간의 문제가 생겼다.

'모습이 떠오르지 않는다……?'

이상했다. 지능 99를 돌파한 이후로 처음 있는 일이다.

"팬더. 가디언의 모습이 기억나나?"

"……."

팬더는 순간 할 말을 잃었다. 그는 당황했다.

'모습이 왜…….'

팬더 역시 12장로 중 한 명이다. 베르디만큼은 아니지만, 한 번 본 것은 절대 잊지 않는다.

"기억이 나지…… 않습니다."

그런데 지금은 기억이 나지 않았다. 대략적인 형태, 대략적인 모습은 기억이 난다. 그런데 세세하게 기억나지 않는다.

한주혁이 말했다.

"마법회로가 어떻게 생겼는지, 어떻게 갈라지는지, 정확하게 기억난다."

한 번 본 것은 무조건 기억한다. 마치 머릿속에 카메라가 있어서 모든 순간을 찍고 있는 것처럼.

"그런데 허리 부근만 기억이 나지 않는다."

일반 플레이어로 돌아간 것 같다. 특수지역 라이나를 벗어난 이후로 처음 있는 일.

"……저 역시 그렇습니다. 주군. 어떠한 특수한 마법 처리가 되어 있었던 것 같습니다."

거의 확실해진 것 같다. 허리 부근만 기억이 나지 않도록 어떠한 특수한 처리가 되어 있다. '히든 피스'와 '허리' 사이에 상관관계가 있다는 뜻이다.

"죄송합니다. 주군."

팬더는 울고 싶었다.

반드시 도움이 되어야만 하는데. 나는 후쿠시마가 아닌데. 주군의 충실한 종이어야만 하는데. 그런데 도움이 되지 못하고 있다. 클리어 방법을 알아내면 뭐 하나. 클리어를 못 하는데.

한주혁이 피식 웃었다.

"클리어 방법을 알아낸 것만으로도 충분히 잘했다."

"……제대로 보필하지 못하여 죄송합니다."

"아니, 잘했어."

한주혁은 이 히든 피스, 숨겨진 보물이 자신을 위한 것임을 분명히 깨달았다.

"내가 아닌 다른 사람들은 이걸 아예 클리어하지 못하도록 만들어놓은 거네."

애초에 여기까지 오는 것도 매우 힘들다. 히든 피스를 활성화시키는 것도 성좌들의 큰 도움(?)이 있었기에 가능했다. 원래도 힘든데, 혹시 자신이 아닌 다른 사람이 클리어할 가능성마저도 거의 0에 가깝게 만들어 버렸다. 한주혁이 판단하기에는 그랬다.

잠자코 듣고 있던 천세송이 고개를 갸웃했다.

'그 말은…… 오빠는 클리어할 수 있다는 건가?'

기억이 나지 않는다고 했다. 그런데 어떻게 클리어할 수 있다는 걸까. 오빠의 표정을 보아하니 여전히 여유로웠다.

'어떻게?'

소리 내어 묻지는 않았다. 괜스레 방해가 될 수 있으니까.

그녀는 한주혁의 말을 조용히 기다렸다.

"팬더. 잘했다. 자책하지 마라."

한마디를 덧붙였다.

"베르디에게 별로 좋지 못한 단어를 배워서 쓰고 있다 들었다."

뭐라더라. 후쿠시마 방사능 핵폐기물이라나 뭐라나. 무슨 뜻인지도 모르고 쓰고 있는 것이 틀림없다.

"충분히 잘하고 있다."

"……주, 주군……!"

팬더는 그 자리에서 엎드렸다. 혹시라도 바닥에 닿아 점이라도 생길까, 엎드리긴 엎드리되 팔과 머리가 땅에 닿지는 않았다. 한눈에 봐도 매우 불편한 자세였다.

"영원히 주군을 섬기겠습니다!"

그러고는 루펜달에게 배운 단어를 외쳤다.

"형렐루야! 형멘! 형은이 망극하옵니다!"

"……."

-카리스마가 상승합니다.

-카리스마가 상승합니다.

NPC들이 자꾸 이상한 단어를 배워 오고 있다. 중요한 문제는 아니니 넘어가기로 했다.

"기억은 나지 않아. 내가 아니라 그 누가 되었더라도 기억나지 않게 되어 있겠지. 그렇지, 베르디?"

"마, 맞사와요. 저 역시 기억이 나지 않는답니다. 저도 모르는 어떤 마법에 걸려 있을 확률이 높은 것 같아요. 어쩌면 마법이 아닌 또 다른 영역일 수도 있을 것 같사와요."

"맞아."

마법이 됐든, 뭐가 됐든. 어쨌든 기억나지 않도록 한다는 게 핵심이다.

"기억은 나지 않는데. 기억나도록 해주는 건 있거든."

원래 이게 정상이다. 사람은 망각의 동물이다. 필요하지 않은 정보는 지운다. 그래서 메모를 하거나 사진을 찍고, 필요한 경우에는 동영상을 찍기도 한다.

"보통 일반적인 사람들은 메모를 하거든."

베르디가 두 눈을 깜빡거렸다.

"메모…… 말씀이시어요?"

'주군 오라버니께서 메모를 하는 것을 본 적이 없는데.'

한주혁이 어깨를 으쓱했다.

"가디언즈 미니언에게 정보를 전송받았잖아. 그거 다시 돌려 보면 되거든."

가디언즈 미니언과 한주혁은 시야를 공유한다. 아서 광산을

42 랜덤 19
플레이어

벗어나도 그런 것인지는 모르겠지만, 일단 아서 광산 내에 있을 때에는 그렇다.

주혁은 가디언즈 미니언의 상태창을 열었다. 그를 통해 가디언즈 미니언의 정보를 받아볼 수 있었다.

-정보를 확인하시겠습니까?

여기서 '정보'라 함은 가디언즈 미니언이 보고 들은 모든 것을 뜻한다. 가디언즈 미니언의 시야 자체를 공유하는 거니까.

"됐네."

한주혁이 고개를 끄덕였다.

"나 아니면 클리어할 수 없도록 설계되어 있는 게 맞아."

정보 영상을 확인한 이후, 그때부터는 기억이 날아가지 않았다. 가디언의 허리가 어떻게 생겼는지 정확하게 기억났다. 영상을 본 이후로는 어떠한 방해도 받지 않는다는 얘기다.

"팬더, 그 자리에 있어."

한주혁은 알 수 있었다. 이곳은 끝이 정해져 있지 않은 도화지 같은 공간. 그런데 팬더가 움직임으로 인해서 기준점이 생겼다.

"현재, 네 위치가 기준점."

처음 움직임은 어떻게 해도 상관없다. 어차피 지도를 그리든 뭘 그리든, 어쨌든 처음의 '선'은 있어야 하는 거니까.

"이 기준점을 토대로 그려 나가면 될 것 같으니까."

한주혁이 말했다.

"하나의 그림을 세 명이 그리는 것보다는, 한 명이 그리는 게 낫겠지."

옆을 돌아봤다. 옆에는 천세송이 조용히 기다리고 있었다.

그녀의 얼굴에는 온갖 표정이 묻어나 있었다. 늘 그렇듯 호기심, 귀여움, 사랑스러움, 감탄, 신기함. 기타 등등.

한주혁의 눈으로 본 천세송의 얼굴에는 각양각색의 표정이 묻어 있었는데, 한주혁은 그런 천세송의 입술에 가볍게 키스했다. 아주 가볍게, 쪽 소리가 났다.

"다녀올게."

—스킬. 파천보법을 사용합니다.

실제로 움직이는 사람은 한주혁 혼자다. 그렇지만 완전히 혼자는 아니었다.

베르디가 마법을 활용하여 한주혁의 움직임을 살폈다. 한주혁이 기척을 숨기고 있는 것도 아니었으니 모습을 살피기에 어려움은 없었다.

"굉장히 빠른 속도로 필드를 완성시키고 계셔요."

허공에 홀로그램 화면이 떴다. 드론으로 촬영하듯, 한주혁의 모습이 잡혔다.

"정말이지. 늠름하고 멋있으셔요. 베르디는 주군을 볼 때마다 황홀하답니다."

"베르디. 저건 뭐지?"

현재 한주혁이 움직이고 있는 곳에는 '검은색 길'이 생겨나고 있는 중이다. 그런데 저만치 앞. 검은색의 무언가가 뭉치고 있었다. 도화지 같은 이 공간에 처음 생겨나는 특수한 것이었다.

"잠시만요."

베르디가 정신을 집중했다.

"마나는 아니어요."

'검은색 길'을 만들어내는 이것은 마나가 아니다. 뭔지는 모르겠다. 이 필드의 특성인 것 같다.

"마나가 뭉치는 것은 아니고, 어떠한 형태를 만들어내고 있는 것으로 짐작이 되어요."

파천보법을 펼치며 질풍같이 달려가던 한주혁이 제자리에 우뚝 멈춰 섰다. 그러더니 귓말을 보냈다.

-베르디, 팬더. 저게 뭔지 아나?

베르디가 즉각 대답했다.

-어떤 특수한 형태를 만들어내고 있사와요. 베르디는 정확하게 기억할 수 없지만, 주군 오라버니께서 달리신 시간을 토대로 유추해 보자면…… 허리띠 부근의 보석이 달려 있던 부

근 같사와요.

한주혁이 고개를 끄덕였다.

'베르디의 말이 맞아.'

한주혁도 그렇게 생각하고 있다. 정확하게, 보석이 있는 위치였으니까.

'잠시…… 기다려 볼까.'

아무 이유도 없이, 이 검은색 마나 같은 것이 뭉치고 있을 리는 없으니까. 그것도 보석이 있던 특별한 자리에.

-플레이어가 만들어낸 필드를 확인합니다.

-제1 구역. 필드 완성률 100%.

-완벽합니다.

-제1 구역을 완벽하게 복구하였습니다.

그와 동시에 필드가 변하기 시작했다. 마리안(천세송), 베르디, 팬더도 필드가 변하는 것을 목격했다.

베르디가 천세송 바로 앞. 팬더가 천세송 바로 뒤에 섰다. 혹시 모를 위험이 있을지도 모르니까. 다행히 위험 요소는 없었다.

"필드가…… 변했사와요."

천세송도 필드가 변한 걸 눈으로 봤다.

천세송이 말했다.

"일반적인 광산 필드의 모습과 같아졌네요."

한주혁이 만들어낸 길을 토대로하여 필드가 완성되었다.

천세송이 방긋 웃었다.

'대륙도 만들고 광산도 만들고 필드도 만들고.'

누가 뭐라 해도 역시 내 남편이다. 한주혁이 천세송더러 '여친느님'이라고 표현할 때가 많은데, 천세송도 언제나 한주혁을 '남친느님' 혹은 더 나아가 '남편느님'이라고 표현하고 싶을 때가 많다.

그래서 결론은.

'빨리 결혼하고 싶다.'

빠른 결혼으로 이어졌다. 베르디도 감탄했다.

"역시 주군 오라버니셔요. 알림이 들렸사와요. 제1 구역이 완성되었다고 했사와요."

팬더가 말했다.

"우리도 움직여도 될 것 같군. 주모님, 주군께서 계신 곳으로 모시겠습니다."

이곳은 도화지가 아니다. '제1 구역' 안에서는 움직여도 된다. 저만치 멀리, 주군이 있는 곳까지는 움직여도 될 것 같다.

"안내를 맡겠습니다."

팬더가 앞장섰다. 한주혁이 있는 곳까지 이동했다.

팬더의 안내를 받아, 베르디와 천세송이 한주혁에게 도착했을 때. 도화지와 같은 필드와 맞닿아 있는 그곳에 어떠한 변화가 있었다.

알림이 들려왔다.

-제1 구역 다이아가 생성됩니다.
-제1 구역 다이아의 등급을 판정합니다.
-완벽한 필드 생성으로 인하여 블랙 다이아가 생성됩니다.

블랙 다이아라는 것이 모습을 드러냈다. 그런데 그게 참 재미있었다. 적어도 한주혁에게는 말이다.

한주혁은 그 알림 중에서도 '블랙'이라는 단어에 집중했다.

'블랙……!'

모르긴 몰라도 블랙이란 단어가 들어가면 자신에게 매우 좋은 상황이 펼쳐지곤 한다.

블랙 몬스터, 블랙 스톤, 블랙 크리스탈, 대도 블랙 등. 뭐가 어찌 됐든 블랙이면 좋다. 그리고 보면 아서 광산도 '블랙 크리스탈 봉화대'로부터 생성된 곳 아니었던가.

'이게 뭐지?'

한주혁이 가까이 다가섰다.

팬더가 한주혁을 말렸다.

"주군. 제가 살펴보겠습니다."

"그래."

팬더가 유심히 살펴보았으나 별다른 특이점은 없었다. 이윽고 위험 요소가 없다고 판단한 팬더가 말했다.

"주군. 설명창을 열어서 확인하셔도 될 것 같습니다. 별다른 트랩 등은 보이지 않습니다."

팬더가 조심스레 물러났고 한주혁이 '블랙 다이아'를 쳐다봤다.

설명창을 살펴보기 위해 흔히들 말하는 '클릭'을 했다. 팬더의 말대로 별다른 위험 요소는 없었는지 설명창이 바로 열렸다.

<제1 구역 블랙 다이아>

아서 광산을 형성하고 있는 7개의 다이아 중 하나입니다. 히든 피스 '숨겨진 보물'을 활성화했을 시에만 모습을 드러내며 '숨겨진 보물'을 얻기 위해서는 모든 블랙 다이아를 파괴하여야만 합니다.

+상세설명

설명을 보니 일종의 스팟(지점) 아이템인 것 같았다.

'7개 중 하나라고?'

그러고 보면 가디언의 허리 부근에 박혀 있던 여러 개의 보석 중 지금의 이 '블랙 다이아'와 같은 형상의 보석은 7개였었던 것 같다.

'상세설명.'

<상세설명>

제1 구역의 블랙 다이아는 특수한 속성을 가지고 있습니다.

특수한 속성의 공격에만 반응하며 그 속성의 공격이 아닌 다른 공격을 받았을 시 폭주하게 됩니다. 단 1개의 다이아만 폭주하더라도 아서 광산은 무너지게 됩니다.

생존 확률: 2.4%

단, 블랙 다이아를 30분간 제자리에 방치하면 히든 피스 '숨겨진 보물'을 클리어할 의사가 없다는 것으로 간주하여 히든 필드 '숨겨진 보물' 필드에서 빠져나가게 됩니다.

'숨겨진 보물' 클리어 포기 시, 가디언과의 계약은 끊어지게 됩니다.

한주혁은 인상을 찡그렸다.

'뭐 이딴 게 다 있어?'

그럼 그렇지. 제우스가 순순히 뭔가를 넘겨줄 리는 없다. 특수한 속성이 뭔지는 모르겠는데, 그 속성으로 공격하지 않으면 블랙 다이아가 폭주한단다.

'생존 확률 2.4퍼센트?'

상세설명을 확인한 천세송도 어이가 없다는 듯 말했다.

"이게 더 약 올라! 2.4퍼센트가 뭐야?"

2.4퍼센트의 생존 확률. 반대로 말하자면 97.6퍼센트의 사망 확률을 가지고 있다는 얘기다.

천세송이 미간을 찌푸렸다.

"오빠. 이거 어떡해?"

"글쎄. 쳐봐야겠지?"

"생존 확률 2.4퍼센트인데? 우리 죽을 수도 있잖아. 오빠 죽는 거 싫은데."

"델리트 얘기는 없는 거 보면 일반 사망일 거야."

남들은 게임 속에서 수십 번도 넘게 죽는다. 한 번쯤은 죽어도 되는 거 아니겠는가.

"까짓것, 잘못되면 한 번 죽지 뭐."

문제는 베르디와 팬더다. 이들은 NPC고, 죽으면 되살아나지 않으니까.

그 마음을 읽은 베르디가 말했다.

"주군. 저희는 어떻게든 살아남을 수 있을 것이어요. 걱정하지 않으셔도 좋답니다. 여러 명을 살리는 것은 힘들지만…… 주군께서 명령하시면 팬더 한 명 정도는 보호할 수 있을 것이어요."

팬더도 거들었다.

"하이 리스크, 하이 리턴입니다. 이 경우, 하이 리턴이 확실시되는 만큼. 저희 때문에 주군께서 망설이실 필요는 없을 것입니다."

잠시 고민하던 한주혁이 고개를 끄덕였다. 혹시 몰라 다시 한번 명령했다.

"우리는 죽어도 되살아나. 그러니까 혹시라도 일이 잘못될 경우, 너희가 사는 것을 최우선으로 생각해라."

"알겠습니다. 주군."

"알겠사와요."

한주혁이 '블랙 다이아'에 가까이 다가가려 하자 팬더가 말렸다.

"주군. 허드렛일은 제게 맡겨주십시오. 특수한 속성에 관한 단서를…… 제가 찾아보겠습니다."

"아니."

잘 생각해 보니 그럴 필요 없을 거 같다.

"특수한 속성으로 쳐야만 한다는 특성이잖아."

중요한 것은 이거다.

-제1 구역의 블랙 다이아는 특수한 속성을 가지고 있습니다.

이 부분이 키포인트다.

"블랙 다이아를 뭐로 쳐야 하는지는 몰라."

중요한 건.

"그런데 얘가 가진 성질도 속성의 일부라는 거지."

"예. 그렇습니다."

너무나 당연한 얘기다. 상세설명에 그렇게 나와 있었다. 팬더도 그것을 직접 확인했다.

그리고 그 순간 팬더는 깨달을 수 있었다.

'아……!'

알 것 같다.

"주군……! 주군의 혜안에 감복하옵니다!"

어떠한 특수한 속성으로만 공격해야만 하는 '속성'을 가진 아이템. 한주혁은 그 '속성'을 무시하는 아이템을 가지고 있다.

한주혁이 씨익 웃었다.

"이것도 일단 냅다 패면 되는 거 아니냐?"

"맞사와요! 주군 오라버니의 주먹은 화끈하시니까요. 베르디도 한 번쯤 맞아보고 싶을 정도로 어여쁜 주먹이셔요!"

베르디의 말은 무시했다. 원래 마법사들은 좀 괴짜라는 설정이다. 애초에 베르디급까지 올라간 마법사들은 자신만의 정신세계가 확고한 편이고, 이건 어떻게 말로 해서는 변하지 않는다. 그냥 그런가보다, 하고 넘어가는 것이 가장 속 편하다.

팬더에게 말했다.

"친다."

한주혁이 주먹을 들어 올렸다. 그리고 주먹을 뻗었다.

쾅!

한차례 폭발음이 일었다. 한주혁의 주먹은 어지간한 마법보다 훨씬 강력한 파괴력을 가지고 있다. 거대한 폭발음이 이는 것도 이상한 일은 아니다.

쩍-!

블랙 크리스탈에 금이 갔다.

"어?"

한주혁이 고개를 갸웃했다.

"안 부서졌네?"

천세송도 고개를 갸웃했다.

"진짜 안 부서졌네?"

처음 봤다. 오빠의 주먹 한 방을 버티는 무언가를. 눈앞에서 보니 신기할 정도였다.

"오빠 주먹 한 방에 살아남는 게 있었네!"

그것도 '결코 평범하지 않은 강력한 주먹'과 같은 데미지 감소 스킬을 사용하지 않고 진짜로 때렸는데 안 부서지다니.

천세송은 진심으로 감탄했다.

"역시 세상은 오래 살고 볼 일이야. 저 작은 아이템이 안 부서질 줄이야."

한주혁이 어깨를 으쓱했다. 역시 그의 생각이 맞았다.

"팬더. 네가 보기에 블랙 다이아가 폭주할 것 같나?"

"그런 낌새는 전혀 찾아볼 수 없습니다."

"그렇지?"

한주혁이 봐도 그렇다. 특별한 알림도 없다. 단순히 금만 갔을 뿐이다.

"내 공격이 먹혔다는 얘기잖아."

폭주를 안 했다는 건, 사망 확률 2.4퍼센트에서는 이제 벗어났다는 소리다.

"그럼 그냥 패면 되지."

한주혁이 주먹을 들어 올렸다.

베르디가 공중에 떠올랐다. 한주혁도 포기한 그녀만의 정신

세계가 빛을 발했다.

"두드리라! 그리하면 열릴 것이라! 형느님의 주먹이 만천하에 빛을 드리우리니! 주군 오라버니의 농염한 주먹에 빛이 있으리라!"

쾅!

폭발음이 들려왔다.

쾅!

다시 한번 폭발음이 들려왔다.

베르디가 두 팔을 들어 올렸다.

"형렐루야! 형멘!"

그와 동시에 쩌저적-! 하고 요란한 소리가 들렸다. '블랙 다이아'에서 여러 갈래 검은색 빛 무리가 뿜어져 나왔다.

-제1 구역의 블랙 다이아를 파괴하는 데 성공하였습니다.

-제1 구역이 안정화됩니다.

-제1 구역이 안정화된 보상으로 새로운 필드가 생성됩니다.

-아서 광산. 지하 2층이 활성화되었습니다.

한주혁이 고개를 번쩍 들었다.

'어?'

이거 뭐야.

"지하 2층?"

지하 1층이 끝이 아닌 것 같다. 지하 2층이 생겼다.

'블랙 다이아가 7개잖아?'

그렇다는 말은 블랙 다이아 7개를 전부 부수면 지하 8층까지 활성화된다는 소리인가.

한 개의 층만 하더라도 천문학적인 이득을 가져다줄 수 있는 필드인데, 이런 필드가 지하 8층까지 열린다는 얘기가 되는 건가.

'제국과 한 판 뜨기에 충분할 정도의 군자금이 나오겠는데?'

어쨌든 전쟁은 돈으로 한다. 돈이 많으면 많을수록 좋다. 단순 짐작에 불과하지만, 지하 8층 규모의 광산. 파이라 대륙에도 이 정도 규모의 광산은 없을 거다.

-스킬. 파천보법을 사용합니다.

파천보법을 활용하여, 그리고 가디언즈 미니언이 전송해 주는 정보 영상을 활용하여 필드를 완성시켰다.

-제2 구역 다이아가 생성됩니다.
-제2 구역 다이아의 등급을 판정합니다.
-완벽한 필드 생성으로 인하여 블랙 다이아가 생성됩니다.

두 번째 블랙 다이아. 일반 설명은 같았다. 제2 구역의 블랙 다이아라는 얘기가 있었다.

그런데 상세설명이 약간 달랐다.

<상세설명>

제2 구역의 블랙 다이아는 악 속성에 대한 종속 속성을 가지고 있습니다. 악 속성의 지대한 공포를 선사할 수 있는 플레이어만이 제2 구역의 블랙 다이아를 파괴할 수 있습니다. 그 외 다른 물리 혹은 비물리의 압력을 블랙 다이아에게 가했을 때, 블랙 다이아는 폭주하게 됩니다. 폭주시 아서 광산은 무너집니다.

생존 확률: 1.4%

단, 블랙 다이아를 30분간 제자리에 방치하면 히든 피스 '숨겨진 보물'을 클리어할 의사가 없다는 것으로 간주하여 히든 필드 '숨겨진 보물' 필드에서 빠져나가게 됩니다.

'숨겨진 보물' 클리어 포기 시, 가디언과의 계약은 끊어지게 됩니다.

상세설명을 확인한 천세송이 애매하다는 듯 말했다.

"오빠한테 엄청 좋은 것 같기는 한데⋯⋯."

오빠는 클래스부터가 절대악이니까.

"저게 무슨 말이야?"

뭐로 공격하라는 건지 잘 모르겠다.

한주혁의 표정은 여전히 여유로웠다.

"나보고 클리어하라고 만들어놓은 광산이 맞아."

역시나가 역시나다. 오래 생각할 것 없었다. 이걸 부수면 지하 3층이 열리는 것인가. 해보기로 했다.

-스킬. 위압을 사용합니다.

오랜만에 쓰는 것 같다.

<위압>
절대자의 권능이 담긴 무형의 기운을 내뿜는 스킬.
효과: '악' 계열 몬스터와 '마' 계열 몬스터에게 극도의 공포감을 선사.

단순 위압으로는 조금 힘든 것 같았다. 제1 구역의 다이아가 한주혁의 평타를 견뎌냈듯, 제2 구역의 다이아도 한주혁의 위압을 견뎌냈다.
팬더가 주먹을 불끈 쥐었다.
'역시……!'
이번에도 주군의 판단을 옳았다. 블랙 다이아는 폭주하지 않았다. 한주혁의 '위압'이 블랙 다이아에 작용하면서 블랙 다이아에 또다시 금이 가기 시작했다.

-제2 구역의 블랙 다이아를 파괴하는 데 성공하였습니다.

-제2 구역이 안정화됩니다.

그런데 기다리던 알림은 들리지 않았다. 지하 3층이 열린다
는 얘기가 없었다.
'뭐지?'
빠르게 다음을 진행했다.

-제3 구역의 블랙 다이아를 파괴하는 데 성공하였습니다.
-제3 구역이 안정화됩니다.

이번에도 새로운 층이 열린다는 얘기는 없었다.
'뭐야 이거?'
계속해서 히든 피스, '숨겨진 보물'을 이어갔다.

-제4 구역의 블랙 다이아를 파괴하는 데 성공하였습니다.
-제5 구역의 블랙 다이아를 파괴하는 데 성공하였습니다.
-제6 구역의 블랙 다이아를 파괴하는 데 성공하였습니다.
-제7 구역의 블랙 다이아를 파괴하는 데 성공하였습니다.

제1 구역 때를 제외하고서는 그 어떠한 보상도 이어지지 않
았다.
한주혁이 물었다.

"팬더. 이로써 지도는 완성됐지?"

모든 필드가 완성되었다. 완성된 지도는 완성된 가디언의 형상을 하고 있었다.

"주군. 그런데 이 부분이 빕니다."

가디언의 허리 정중앙.

"가장 큰 보석?"

"그렇습니다."

가장 큰 보석이 있던 지점. 그 공간이 빈다.

그때 알림이 들려왔다.

-완벽한 필드 생성으로 인하여 7개의 블랙 다이아를 생성시키는 데에 성공하였습니다.

-7개의 블랙 다이아를 파괴하는 데에 성공하였습니다.

-특수한 조건을 만족하였습니다.

'숨겨진 보물'은 여기서 끝이 아니었다. 무언가가 모습을 드러냈다.

한주혁이 눈을 크게 떴다.

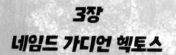

3장
네임드 가디언 헥토스

한주혁이 눈을 크게 떴다.

'어……? 저건?'

한주혁도 익히 알고 있는 형상의 무언가가 모습을 드러냈다. 그가 계약했었던 아서 광산의 가디언과 굉장히 비슷한 모습이었다.

'달라.'

비슷하지만 달랐다.

'팔이 여덟 개.'

팔마다 각기 다른 망치를 들고 있는 것은 기존의 가디언과 같았다.

'크기는 오히려 더 작아졌고.'

검은색 마나에 휘감겨 있는 그것은 약간 다른 형태의 가디언이었다. 정보창을 통하여 가디언의 이름을 알 수 있었다.

'헥토스라.'

레벨은 표시되지 않았다. 상세 능력치도 알 수 없었다. 이름이 헥토스라는 것만 알았다.

그때 베르디가 말을 더듬거렸다.

"헤, 헥토스?"

"베르디. 알고 있는 거냐?"

"아, 알고 있사와요……!"

베르디가 침을 꼴깍 삼켰다. 눈을 크게 뜨고 지금 나타난 가디언에 집중했다.

"가디언을 정말 큰 분류에서 나눠보자면 두 가지로 나눌 수 있사와요. 하나는 비네임드 가디언, 또 하나는 네임드 가디언."

아서 광산을 지키는 가디언이 '비네임드 가디언'이다. 다시 말해, 딱히 이름이 정해져 있지 않은 흔한(?) 가디언이라는 소리다.

"네임드 가디언 안에서 분류가 여러 개로 갈리는데…… 헥토스는 일반 가디언과는 달리 이동이 가능한 가디언이어요."

"이동이 가능하다라."

"본래 가디언은 움직일 수 없사와요. 어떠한 특수한 곳을 지키는 것이 임무이고, 가디언은 그 특수한 환경에 맞추어져 세팅이 되어 있기 때문이어요. 그런데 헥토스는 지형과 환경에 스스로를 맞추는 좀 더 발전된 형태의 가디언이어요. 책에서 본 적이 있사와요."

아서 광산의 가디언은 아서 광산을 벗어날 수 없다. 아서 광산에 맞도록 세팅이 되어 있기 때문이다.

'옮길 수 있는 가디언이라.'

한주혁이 씨익 웃었다. 이게 지금 눈앞에 모습을 드러냈다.

'이게 숨겨진 보물이라는 뜻인가?'

비네임드 가디언으로도 핵 공격을 막아냈다. 네임드 가디언인 헥토스가 더 강했으면 강했지, 약할 리는 없다.

'본진을 좀 더 강화할 수 있겠어.'

저번에 핵우산을 펼치기는 했는데 그 핵우산에는 데미안의 힘이 절대적이었다.

언제까지나 데미안에게 의지할 수는 없다. 데미안은 인간 NPC가 아니고, 언젠가 마계로 돌아갈 테니까.

"베르디. 저놈이 있으면 핵우산 펼치는 게 훨씬 쉬워지겠지?"

"물론이어요. 분명히 그럴 것이어요. 또한 헥토스의 능력도 능력이지만 가디언과 헥토스를 분석하다 보면, 제 마법 능력도 향상될 것이고, 뉴클리안을 좀 더 효과적이고 효율적으로 막아낼 수 있을 것이어요."

팬더는 부럽다는 듯 베르디를 쳐다봤다.

'부럽다.'

모르긴 몰라도 베르디는 더욱 강해질 거고 주군께 더욱 도움이 될 거다. 지금도 가디언에 대한 지식을 술술 뱉어내고 있지 않은가.

'나도 도움이 되고 싶다.'

따지고 보면 팬더가 '숨겨진 보물' 클리어 방법을 알아냈고 클리어의 실마리를 제공했다. 여태껏 팬더의 도움도 컸다. 다만 팬더 스스로가 이 도움이 너무나 미약하다고 생각하고 있을 뿐.

곧 가디언이 완전히 모습을 드러냈다. 몸을 감싸고 있던 검은색 마나도 사라졌다.

-숨겨진 보물의 정체가 밝혀집니다.
-헥토스의 소환이 완료되었습니다.

한주혁의 심장이 두근거리기 시작했다. 이렇게 거창하게 '숨겨진 보물'이라는 이름까지 붙여 놨다.

'그렇다면 이제.'

이 가디언을 어떻게 손에 넣느냐. 그게 문제인데.

-헥토스가 잠에서 깨어납니다.
-헥토스의 의식이 활성화됩니다.

아서 광산의 가디언과 마찬가지로, 헥토스의 눈에서 빛이 새어 나오기 시작했다. 그와 동시에 목소리가 들려왔다.

"너는…… 누구냐?"

따로 입이 움직이지는 않았다. 따로 발성 기관을 갖고 있는 건 아닌데, 신기하게도 목소리가 나왔다.

한주혁은 잠시 고민했다. 뭐라고 대답을 해야 할까.

중요한 퀘스트일수록 한마디, 한마디가. 그리고 사소한 단서 하나가 퀘스트에 큰 영향을 끼친다. 어쩌면 이 한마디로 인하여 헥토스의 주인이 바뀔 수도 있다.

"묻는다. 너는…… 누구냐?"

한주혁은 고민했다. 약간의 시간이 흐른 뒤 대답했다.

"널 잠에서 깨운 자다."

"……그렇군."

헥토스가 말을 이었다.

"내 이름은 헥토스. 네 이름은?"

"아서."

"묻는다. 아서. 네게는 자격이 있는가?"

한주혁은 묘한 느낌을 받아야만 했다.

'자격?'

이거 왠지 느낌이.

'무슨 테스트 같은 걸 할 모양인 것 같은데.'

잘은 모르겠지만 그럴 것 같다. 일반 가디언들과는 다르게 쉽사리 넘어오지는 않는 것 같다.

베르디와 팬더도 그걸 느꼈다. 베르디가 조심스레 마나를 일으켰다. 언제가 됐든, 전투를 할 수 있도록. 팬더는 티 안 나게, 조심스레 움직여서 앱솔루트 네크로맨서인 천세송을 자신의 뒤로 뺐다.

천세송도 마음속으로 준비했다.

'대규모 군단보다는 한 개체의 강한 언데드가 좋겠어.'

다들 나름대로 전투를 준비했다.

그건 한주혁도 마찬가지였다. 헥토스, 심상치가 않다. 마치 데미안을 앞에 두고 있을 때와 비슷한 느낌을 받았다.

'자격이 있는가?'라는 헥토스의 질문에 한주혁은 이렇게 대답했다.

"자격이 있다면?"

"그 자격을 증명할 필요가 있을 것이다."

헥토스의 팔에 들려 있는 8개의 망치에서 검은색 빛이 흘러나왔다. 검사로 치자면 검이 오러로 둘러싸여 있는 것 같았다.

베르디가 말했다.

"오러 소드와 같은 형식이어요."

오러 소드. 세상에 존재하는 모든 것을 자를 수 있다고 알려져 있다. 플레이어 중에는 오러 소드를 구현할 수 있는 플레이어가 없으며, NPC들 중에서도 최상위 이상의 NPC들만 사용할 수 있다.

한주혁이 고개를 끄덕였다.

'차이가 있다면 검이 아니라 망치.'

오러 소드는 세상에 존재하는 모든 물질을 잘라낸다고 했다. 그렇다면 오러 해머는 어떨까.

"그 자격을 어떻게 확인할 거지?"

그 질문에 아주 잠깐 침묵이 흘렀다.

천세송의 몸이 바르르 떨렸다.

'압박감이 어마어마해.'

천세송은 직접 전투 클래스가 아니다. 언데드를 활용하여 싸우는 클래스. 압박감에 직접 저항하는 능력은 뛰어나지 못했다.

'헥토스가 무형의 기운을 쏘아내고 있는 것 같은데……'

천세송의 눈에 한주혁의 등이 보였다.

'저 기운이 오빠한테 집중되어 있겠지?'

오빠의 등은 굉장히 넓어 보였다. 듬직했다.

'나한테 오는 압박감보다 훨씬 강한 압박감을 받고 있을 거야.'

그런데 오빠의 몸에서는 그 어떠한 미동도 찾아볼 수 없었다. 전혀 떨림이 없었다. 과연 절대악은 절대악이었다.

알림이 들려왔다.

-퀘스트 '헥토스의 주인이 될 자격'이 활성화됩니다.

한주혁은 곧바로 퀘스트창을 열어 확인했다.

<헥토스의 주인이 될 자격>

헥토스는 긍지 높은 가디언입니다. 가디언을 복종시키기 위하여 헥토스의 주인이 될 자격이 있음을 증명해야만 합니다. 증명하는 방법은 두 가지가 있습니다. 헥토스의 말을 참고하십시오.

헥토스가 느릿느릿 말을 이었다.

"내 주인이 되기 위해 두 가지 방법 중 하나를 선택할 수 있다."

하나는.

"나보다 강력한 힘을 증명하는 것."

또 다른 하나는.

"내 태초의 주인이 설정한 설정값을 변화시킬 체인지 아이템으로 내 설정값을 변환시키는 것."

두 개의 선택지가 주어졌다. 그 말이 끝남과 동시에 퀘스트 창이 업데이트됐다. 상세설명에 이 내용이 추가되었다.

<상세설명>

헥토스의 주인이 될 자격을 증명하기 위한 방법은 두 가지입니다.

1. 헥토스 레이드.
2. 설정값 변화.

제한 시간이 주어졌다.

-제한 시간은 3분입니다.

-2:59

-2:58

시간이 줄어들기 시작했다. 한주혁은 잠시 고민했다.

'레이드?'

문제가 있다.

'베르디와 내가 힘을 합치면 어떻게든 될 수 있어.'

정 안 되면 데미안이라도 소환하면 된다. 어떻게든 할 수 있다.

'근데 그렇게 하면…….'

베르디에게 물었다.

-싸우다가 쟤 파괴되면 또 블랙 스톤 왕창 잡아먹겠지?

-그럴 것으로 사료되어요. 어쩌면 주군 오라버니께서 진정
한 주인이 되셔서, 헥토스가 제대로 활성화될 때 블랙 스톤이
필요할 수도 있사와요.

하마터면 '닥쳐'라고 말할 뻔했다.

듣고 보니 정말 그랬다. 일반 가디언도 활성화시키는 데 에
너지원이 필요했다. 얘도 똑같은 거 아닐까, 하는 불안한 기분
을 애써 떨쳐냈다.

'그냥 활성화하는 것에도 블랙 스톤이 필요할지도 몰라.'

예전에 블랙 스톤 상자를 얻지 못했다면 여기까지 오지도 못했을 거다.

'레이드는 일단 보류.'

시간은 계속해서 줄어들었다. 이제 남은 시간은 2분 남짓.

'태초의 주인이 설정한 설정값을 변화시킨다라.'

그걸 어떻게 변화시키는 거지?

'모르겠군.'

한주혁이 물었다.

"네 태초의 주인은 네 설정값을 어떻게 조절했지?"

가디언의 팔 중 하나가 움직였다.

그것만으로도 베르디는 긴장했다. 저 팔이 혹시라도 주군을 향하게 된다면, 막아내야 했으니까. 저 팔에는 지금 오러 해머가 들려 있다. 조심하고 긴장할 필요가 있었다.

팔이 빠르게 움직였다. 위에서 아래로. 세차게 휘둘렀다.

-베르디. 가만히 있어.

한주혁은 움직이지 않았다. 베르디도 별다른 반응을 보이지 않았다. 하지만 천세송은 다리에 힘이 풀려 주저앉을 뻔했다.

'오, 오빠……!'

방해될까 봐 소리를 내지는 않았다.

이윽고 한주혁 발 바로 앞에 구멍이 생겼다. 헥토스가 한주혁의 발 바로 앞을, 오러 해머로 내려쳤다.

'아……!'

정말 놀랐다. 영화 속 무서운 장면만 봐도 놀라는 게 사람이다. 현실만큼 생동감 넘치는 올림푸스에서, 키가 2미터에 달하는 거대한 가디언이 사랑하는 사람을 향해 망치를 휘두르면 놀라는 게 당연하다.

'어떻게 오빠는 저렇게 아무렇지도 않을 수가 있지?'

안 그래도 넓어 보였던 어깨와 등이 더더욱 넓어 보였다. 천세송의 놀람과는 별개로 퀘스트는 계속해서 진행됐다.

구멍에서 무언가가 모습을 드러냈다. 네모난 형태의 기둥이었다.

-설정 보드가 활성화되었습니다.

가디언도 말을 이었다.

"내 태초의 주인은 이것을 활용하여 나를 설정하였고 내 주인이 되었다."

한주혁은 '설정 보드'라는 것을 자세히 살펴봤다. 클릭할 수 있었다. 클릭을 해보니 한주혁 앞에 네모난 창이 하나 떴다.

<설정 보드>

헥토스의 설정을 조절할 수 있는 명령 보드. 베일에 가려져 있는 듯하다.

'이게 보드라고?'

보통 보드라 함은 이런 기둥 형태가 아니라 사각형 형태 아닌가. 이를테면 스케치북처럼.

'모르겠군.'

자세한 설명은 나와 있지 않았다. 그냥 네모난 형태의 기둥. 이 안에 무언가가 숨겨져 있는 걸지도 몰랐다.

제한 시간은 계속해서 줄어들었다.

-1:45

-1:44

'레이드는 일단 미루고.'

일단 헥토스 레이드는 미룰 수 있을 만큼 미뤄야 했다. 그건 최후의 선택이다. 이 설정 보드로 뭔가를 하는 게 좋았다.

팬더가 다급히 말했다.

"주군. 제가 찾아보겠습니다. 이것은 단순한 기둥이 아닙니다. 일전에 이와 비슷한 형태의 금고를 해제해 본 적이 있습니다."

"금고?"

팬더가 빠르게 움직였다.

'도움이…… 되고 만다!'

팬더의 손이 화려하게, 빠르게 움직였다. 빠르게 움직이는 손만큼이나, 제한 시간도 빠르게 줄어갔다.

-00:30

-00:29

한주혁도, 천세송도 팬더가 정확히 무엇을 하는지는 알 수 없었다. 그러나 시간이 흘렀을 때. '설정 보드'에서 변화가 있음을 알아차릴 수 있었다.

한주혁의 눈앞에 떠 있는 네모난 창에 변화가 있었다. 그 변화에서 한주혁은 무언가를 알아차릴 수 있었다.

-설정 보드의 진정한 모습이 드러납니다.

네모난 기둥의 가장 윗면이 좌우로 갈라졌다.

그 속에서 무언가가 떠오르기 시작했다. 약간의 황금빛이 도는 네모난 형태의 보드. 가로 약 30㎝, 세로 약 20㎝ 정도 되는 직사각형 형태의 보드였다.

'이게…… 진짜 설정 보드?'

왼쪽과 오른쪽. 가장자리 부근에는 의미를 알 수 없는 언어들이 새겨져 있었다. 베르디가 유심히 보고 있는 것으로 보아 아마도 마법언어이리라.

어차피 마법언어는 봐도 모른다. 가장자리 부근을 빼곡히 채우고 있는 마법언어는 그다지 중요한 것이 아니었다.

중요한 건 따로 있었다.

'가운데.'

구멍이 보였다. 작은 구멍.

'마치……'

열쇠 구멍 같이 생겼다. 그리고 한주혁은 이렇게 생긴 열쇠를 알고 있다.

'설마. 이거냐?'

한주혁이 인벤토리를 열었다.

<자격의 열쇠>

진귀한 보물을 녹여 만든 상서로운 열쇠입니다. 마법의 힘이 느껴집니다.

+상세설명

바로 얼마 전 Siri를 죽이고서 받은 보상이다. 그때, 베르디의 설명에 따르자면.

마나를 응축하고 있는 열쇠인 것 같사와요. 제가 모르는 물질로 만든 것이어요. 누군지 모르겠지만 대단한 실력을 가진 연금술사가 제련한 물건 같사와요.

라고 얘기했었다. 한주혁이 씨익 웃었다.

'이거……. 상황을 종합해 보자면.'

지금 이 퀘스트는 절대악 메인 시나리오에 포함되어 있는 퀘스트일 확률이 높다. 아서 광산이라는 것 자체가 절대악 메인 시나리오에서 파생된 것이니까.

'메인 시나리오에는 성좌와의 전투도 포함이 되지.'

성좌와의 전투를 통해 아이템을 얻었다.

'그 아이템의 이름이 하필이면 자격의 열쇠.'

헥토스가 말하지 않았던가. 자격을 증명하라고. 그런데 이 열쇠의 이름이 자격의 열쇠다.

'이거 개이득인 상황인 거냐?'

요즘 들어 성좌가 조금 예뻐 보이는 것 같기도 하다.

'알아서 쳐들어와 줘서 이걸 또 얻게 해주고.'

그리고 한 가지 사실을 더 깨달았다.

절대악 메인 시나리오는 꾸준히 진행되고 있다. 그리고 그 과정에 있어서 성좌들을 죽여야만 한다. 성좌들을 죽여야 그 다음 과정이 원활하게 진행된다. 너무 느긋하게 있으면 안 된다는 뜻이다.

한주혁이 '자격의 열쇠'를 꺼내 들었다.

"베르디, 여기서 마법의 힘이 느껴진다고 했었지."

"맞사와요……!"

절대악 메인 시나리오의 연장선. 마법언어가 새겨져 있는 '설정 보드'와 마법의 힘이 느껴지는 '자격의 열쇠'.

모든 퍼즐이 맞춰졌다.

"이걸 쓰면 되겠네."

구멍도 딱 맞았다.

한주혁이 열쇠를 구멍에 집어넣었다. 오른쪽으로 살짝 힘을
주자, 딸깍! 하는 효과음과 함께 설정 보드에서 번쩍! 빛이 터
져 나왔다.

-퀘스트 '헥토스의 주인이 될 자격'을 클리어하였습니다.

-헥토스의 설정값이 변화합니다.

-헥토스가 새로운 주인을 인식합니다.

알림이 계속해서 이어졌다.

-헥토스가 주인을 인정합니다.

-축하합니다!

-고대 병기 헥토스를 획득하였습니다.

-명령창에 '마법병기'가 활성화됩니다.

-명령어는 '마법병기'입니다.

일반 가디언을 얻었을 때와는 차원이 다른 알림이었다.

'새로운 명령어가 추가됐어?'

흔히들 말하는 상태창, 퀘스트창, 상세설명창 등. 그러한 것들

과 마찬가지로 '마법병기'창이 새로 생겼다. 그간 마법병기들을 많이 얻었지만(빼앗았지만), 이런 시스템이 생긴 것은 처음이다.

'좋네.'

그만큼 대단하다는 것 아니겠는가.

헥토스가 말했다.

"헥토스가 주인을 인식합니다. 헥토스는 주인만을 섬기며 주인의 명령만을 받드는 수호자입니다."

말투도 완전히 달라졌다. 헥토스의 태도는 공손하기 그지없었다.

한주혁은 '마법병기'창을 활성화시켜 봤다.

'마법병기.'

<마법병기>

  1. 헥토스

헥토스를 클릭하자 상세설명이 이어졌다.

<헥토스>

  네임드 가디언. 특정한 지역을 지키도록 설계된 일반 가디언과 달리 유동적인 움직임이 가능한 가디언. 이동은 소환의 형식을 통해 이루어진다. 단, 헥토스의 이동 시 많은 에너지 스톤이 필요하다.

소환 필요 M/P: 100
쿨타임: 72시간

상세설명까지는 괜찮았다. 그런데 마냥 좋지만은 않았다.

"새로운 주인 설정에 따라, 새로운 에너지원이 필요합니다."

"……."

한주혁은 듣고 싶지 않았다.

'실화냐?'

일반 가디언이 50개의 블랙 스톤을 먹고서 반영구 사용이 가능해졌다.

"너도 팔꿈치랑 가슴이냐……?"

"그렇습니다. 대부분의 가디언들은 같은 원리로 구동되기 때문입니다."

"떳떳하네."

"주인님을 모시기 위한 작업입니다."

한주혁은 벽과 대화하는 기분을 느껴야만 했다.

그렇다. 말하자면 이놈은 기계. 정해져 있는 것만을 대답하는 기계.

'제기랄.'

블랙 스톤 50개를 투자하여 가디언을 얻었고, 가디언즈 미니언도 얻었다. 훌륭한 부하들이 생긴 게 맞기는 맞다.

그런데 또 에너지 스톤을 사용해야 한다니.

'또 설마 50개?'

이제 남은 수량이 100여 개밖에 안 된다. 블랙 스톤 상자를 얻은 이후로, 블랙 스톤이 나갈 일이 너무나 많은 것 같다. 세계의 보물이며 매우 희귀한 블랙 스톤이지만, 이상하게도 쓸일이 많다.

'그래도 해야지.'

무려 '숨겨진 보물'이지 않은가.

-블랙 스톤을 사용합니다.

1개. 2개. 3개. 4개. 5개······.

예산성애자 시르티안이 이 광경을 봤다면 게거품을 물고 쓰러졌을지도 모를 일이다.

50개의 블랙 스톤을 사용했다.

'설마 더?'

그때, 헥토스가 말했다.

"에너지원이 충분합니다. 파괴되지 않는 한, 반영구적 활동이 가능합니다."

한주혁은 안도의 한숨을 내쉬었다. 무려 50개를 썼다. 블랙스톤은 이제 50여 개밖에 안 남았다.

"헥토스는 완전한 활동기에 접어듭니다."

"······그래."

완전한 활동기에 접어들지 않으면 안 되지. 그렇게 생각하고 있을 때. 알림이 이어졌다.

-축하합니다!
-헥토스의 완전 구동을 확인합니다.
-헥토스가 '아서'님의 권속으로 설정됩니다.
-'숨겨진 보물의 일부'를 획득했습니다.

한주혁이 고개를 갸웃했다.
'어?'
분명히 들었다.
'일부?'
그렇다면 다른 게 또 남았다는 얘기인가.
가슴이 떨리기 시작했다. 무려 '고대 마법병기'가 '숨겨진 보물의 일부'란다. 그렇다면 또 다른 것은 과연 무엇이란 말인가.

-아서 광산은 블랙 크리스탈 봉화대 설정의 영향을 받아 생성된 필드입니다.
-블랙 크리스탈 봉화대는 위급을 알리는 경고 시설물입니다.

거기까지는 이미 알고 있는 사실이다.

-동시에, 병력의 효율적인 운송을 위한 마법 운송 수단입니다.

-아메리아 대륙 드레탄 평야의 블랙 크리스탈 봉화대와 아서 대륙의 블랙 크리스탈 봉화대가 연결됩니다.

팬더의 몸이 바르르 떨렸다.

"주군……!"

그가 생각하기에 이것은 혁신이었다.

'아서 대륙과 아메리아 대륙이 다이렉트로 이어진다……!'

블랙 크리스탈 봉화대의 워프 용량이 얼마나 클지는 모르겠지만 어쨌든 한 번에 연결된다는 것은 의미하는 바가 컸다. 시간적, 물리적 제한을 단번에 없애 버리는 것이니까. 말하자면 절대악의 대륙인 아서 대륙이 더욱 확장된 거다. 아메리아 대륙까지.

팬더가 생각하는 '혁신'은 거기서 끝이 아니었다.

-블랙 스톤을 사용하여 블랙 크리스탈 봉화대의 워프 시스템을 활성화시킬 수 있습니다.

-블랙 크리스탈 봉화대 1개소의 워프 시스템을 활성화하는 데에 5개의 블랙 스톤이 소모됩니다.

숨겨진 보물.

하나는 네임드 가디언 헥토스였고, 또 하나는 블랙 크리스탈 봉화대의 숨겨진 능력 개방이었다.

⸻

란돌이 마시던 녹차를 테이블에 내려놓았다.

란돌은 별세계라는, 중동의 대륙. 파이라 대륙의 왕자다. 파이라 대륙에서는 태생부터가 고귀한 왕족 출신이라 추앙받고 있다. 그는 왕족으로서 교육받았고 귀족으로서 살아왔다. 그의 몸에는 일반인들은 쉽사리 범접할 수 없을 만큼의, 자연스러운 기품이 서려 있다. 란돌을 처음 보는 사람들은 다들 그렇게 느꼈다.

그 파이라 대륙의 왕자. 란돌이, 그 누구보다도 진중한 표정으로 감탄했다.

"오졌습니다."

"……예?"

"지립니다."

"……"

"세계 제패 각입니까?"

"……"

한주혁은 괜스레 목이 탔다. 한국 와서 이상한 것만 배워가고 있는 것 같다.

란돌의 한국어 능력은 점점 늘어나서, 이제는 토종 한국인이라고 해도 믿을 정도의 한국어 실력을 갖게 됐다.

"블랙 스톤을 소모하여 워프 시스템을 활성화시킬 수 있다는 것 아닙니까?"

"……맞습니다."

"그에 관하여 독보적인 기술력을 확보하고 있는 마법 연합도…… 워프 포탈을 연결하는 것은 굉장히 힘들다고 했습니다."

애초에 시스템이 허락하는 한도 내에서만, 아주 제한적으로 워프 포탈을 운용할 수 있다.

"그런데 블랙 크리스탈 봉화대는 전 세계에 뻗어 있지 않습니까?"

"그렇죠."

오히려 한주혁보다 란돌이 더 신났다.

란돌은 옆에서 한주혁을 지켜보는 것이 즐거웠다. 세상을 바꿔가는 사람. 역사가 바뀌는 현장.

그 현장 안에 있다는 것이 즐거웠고, 역사를 바꾸는 그 위대한 영웅이 자신의 친구라는 사실이 좋았다.

"블랙 스톤을 소모하여 전 세계를 절대악의 영역에 넣을 수 있겠군요."

"그렇죠. 하나에 5개씩 들어가는 게 문제지만."

차를 한 모금 마신 란돌이 말했다.

"아무래도 성좌들은 친구 각이군요. 츤데레인 것 같습니다. 성좌 덕택에 많은 것들을 얻어가고 있습니다."

그는 배웠다. 뭔지는 잘 모르겠지만 '급식체'라는 것이 있고 그것이 문학의 일종이라고. 인터넷에서 그렇게 배웠다. 사회 현상. 문학의 한 갈래. 인터넷에서 배운 최신 한국어.

란돌이 기품 있게 말을 이었다.

"오졌습니다. 전 세계를 절대악의 영역에 넣을 수 있는 겁니다. 도렌트는 또다시 지리겠군요. 도렌트의 당황한 얼굴이 눈에 보이는 것 같습니다."

도렌트의 지지율은 여전히 고공 행진 중. '친 절대악'을 표방하지만, 그러면서도 '미국의 이득'을 포기하지 않겠다는 그 스탠스가 많은 미국인들로부터 공감을 샀다.

'그렇지. 합법적으로, 그렇게 하면 되는 거야. 우리의 이득까지 포기할 필요는 없지.'

아서 광산을 직접적으로 가질 수는 없다 하더라도, 어쨌든 아메리아 대륙에 속해 있다. 광산에서 나오는 몬스터 스톤을 어딘가로 팔아야 하고, 그러려면 아메리아의 워프 포탈 등을 사용할 수밖에 없다. 또한 세금도 물어야 할 것이고.

"지금 정부는 너무 무능해."

지나치게 절대악에게 굽히고 있다. 그래서야 미국의 이득이 자꾸 사라지지 않는가.

"줄 건 주고, 받을 건 받아야지. 그래야 미국이지."

그런데 새로운 보고가 올라왔다.

"절대악이…… 아서 대륙으로 직통하는 워프 포탈을 생성시켰답니다."

"뭐, 뭐라고?"

"아서 광산과 아서 대륙을 이어버렸답니다."

"……"

도렌트는 순간 할 말을 잃었다.

'……미친놈인가?'

어떻게 두 개의 타 대륙을 한 번에 이어버린단 말인가. 타 대륙으로 넘어가기 위해서는 NPC들이 설치한 워프 포탈을 여러 개 넘어야 한다. 그런데 그 모든 과정을 생략하고 직통으로 이어버리다니. 이건 말도 안 되는 일이다. 그의 상식으로는 있을 수 없는 일.

"말도 안 되는 일이다. 좀 더 자세히 알아봐!"

그런데 보고가 계속해서 이어졌다.

"또 다른 보고가 있습니다."

"……또 뭔데? 절대악과 관련된 건가?"

"그렇습니다."

도렌트는 의자에 앉았다. 이마를 짚었다.

그는 반쯤 자포자기해서 되물었다.

"설마 뭐 또. 세계 최초, 상식 파괴. 이런 거?"

설마 또 그러겠어. 아닐 거라고 생각했다.

"그렇습니다. 세계 최초입니다."

4장
비밀 퀘스트?

그는 오늘 기분이 좋았다.

'오늘치 일당은 다 벌었다!'

운 좋게도 블루 스톤을 주웠다. 일생일대의 행운이었다. 그냥 길을 걷고 있었는데, 블루 스톤이 있었다.

'오늘은 맛있는 거 먹어야지.'

그래서 누나의 방문을 두드렸다.

똑똑.

노크를 했는데 인기척이 없었다.

'이상하네. 누나 집에 있었던 거 같은데. 올림푸스 중인가?'

문을 살짝 열자, 컴퓨터 앞에 앉아 있는 누나가 보였다.

"누나."

그는 안다. 누나는 지금 즐거운 상태다. 컴퓨터 화면에서 뭘

보고 있는 건지는 몰라도 지금 자신의 누나는 굉장히 기뻐하고 있다. 더 정확히 말하자면 기고만장한 상태다.

"누나. 뭐해?"

"어? 어, 노크 안 하냐? 맞고 싶어?"

"했어. 했는데 누나가 못 들은 거야."

"그래?"

사실 누나에게 있어서 노크를 했는지, 하지 않았는지는 그다지 중요한 것처럼 보이지 않았다.

"누나. 근데 도대체 왜 그래?"

"뭐가?"

"누나 지금 엄청 신나 보여."

"그러냐?"

"응."

그녀가 어깨를 으쓱했다.

"이번에 절대악이 한 거 봤지?"

"이번에 한 거?"

절대악이 하는 거야 늘 세계 스케일이고 세계 최초다. 세상의 상식을 무너뜨리는 게 취미인 사람 같다.

사실 그는 절대악에게 큰 관심은 없다. 좋은 사람인 것도 맞고 영웅인 것도 맞는데, 그와는 별로 연관이 없는 사람이니까. 이를테면 유명한 연예인 같은 거다. 적어도 그에게는 그랬다.

"그래. 워프 포탈을 이어버렸어. 아서 광산하고 아서 대륙을."

"그래?"

"이게 얼마나 대단한 건지 감이 안 와?"

"음……."

대단하긴 한 거 같다. 근데 그거랑 나랑 무슨 상관이란 말인가. 나는 오늘 블루 스톤을 주웠고 이 블루 스톤을 팔아서 누나와 소고기를 먹으려고 했다.

"합법을 주장하며 형느님을 착취하려던 미국 놈들이 꼴좋게 됐지."

"……형느님?"

아무리 들어도 적응이 안 된다. 누나가 자꾸 절대악을 들먹이며 '형느님'이라니.

"그것 좀 하지 마. 징그러워. 왜 형느님이야."

"그럼 악느님."

"차라리 그건 낫네."

그런데 동생은 묻고 싶었다. 아니, 근데, 절대악이 대단한 건데. 왜 누나가 그렇게 자랑스러워해.

'왜 누나가 그렇게 기고만장해 있는 거야?'

같은 한국인이라서? 그런 영웅이 한국에서 태어나서? 잠깐이나마 반 절대악을 외쳤던 도렌트가 물 먹게 생겨서?

'아냐, 그게 아냐.'

그런 사소한 것을 훨씬 뛰어넘는 무언가가 있었다.

그는 컴퓨터 화면을 힐끗 봤다. 화면에는 장문의 글이 쓰여 있었다.

'저게 뭐냐……?'

저도 모르게 한숨이 나올 뻔했다.

'악느님 찬양?'

조금 과장하자면 화면 전체가 '헐렐루야' 혹은 '헐멘'으로 도배되어 있었다. 그리고 한편에는 절대악이 여태까지 행했던 '상식을 파괴하는 일들'에 대하여 기록되어 있었다.

'데르앙 전투……'

지금의 절대악이 있게 한, 거의 최초의 전투. 10만을 학살하며 명성을 떨쳤던 그 사건. 데르앙 전투부터 해서.

'각종 블랙 몬스터 사냥……'

그 블랙 몬스터들이 하나같이 재앙급이다. 발록이나 이프리트 같은.

'신귀족을 표방하던 대연합 박살.'

한국을 지배하는 세력 대연합들을 하나하나 부숴 버렸다. 지금은 명맥을 유지하고 있는 수준이다. 절대악을 등에 업은 여론의 힘에 짓눌려서 조용히 숨만 쉬고 있다. 대중은 개돼지, 자신들은 귀족. 이것을 주장하던 이들은 말 그대로 살아만 있는 상황.

'다시 보니 인간이 아닌 거 같기는 하네.'

그밖에도 문 타이거 토벌, 몬스터 군단 학살, 워프 포탈 연결 등.

"대단하긴…… 대단하네."

"그렇지? 역시 악느님이시라니까."

"그러니까 누나가 왜 이렇게 기고만장하냐고?"

지금의 모습만 보고 있노라면, 미치광이 혹은 빠돌이라고도 불리는 1번 성좌 루펜달 같았다.

"루펜달이라고 해도 믿겠어. 누나 완전 빠순이 같아."

"루펜달 맞는데?"

"……."

동생은 충격을 받았다. 이번 사건, 전 세계를 통틀어 최초로 플레이어가 '미스 에르페스'에서 우승하게 된 그 사실보다 더욱더 충격적이었다.

"아냐, 아닐 거야. 아니라고 말해줘."

이상한 낌새가 보이기는 했지만 누나가 루펜달이라니. 일선에서 형렐루야 형멘을 외치며 형님을 외쳐대는 그 플레이어가 누나라니. 이건 있을 수 없는 일이야.

그는 현실을 부정했다.

"이건 뭔가 잘못됐어. 누나, 이건 아니야. 그렇지?"

그렇지만 루펜달은 그의 말을 듣지 않았다.

"누님께서도 미스 에르페스가 되셨지. 그 상품이 무려 면책 특권이야. 게다가 누님은 형님의 아내가 되실 분이니 형님께도 굉장히 유용하게 쓰일 수 있어. 이 얼마나 위대한 일이야, 그렇지?"

오늘 블루 스톤을 얻어서 굉장한 이득을 봤다 생각했었다.

이것은 어쩌면 위대한 일에 가깝다고 생각했던 그는, 절대악과 루펜달 앞에서 아주 많이 작아졌다.

⁂

"이번 대회의 우승자는……!"

우승자는 다름 아닌 마리안이었다.

"마리안입니다. 축하드립니다."

제법 치열한 경쟁 끝에 에르페스 제국에서 가장 아름다운 여자로 마리안이 뽑혔다.

사람들은 환호했다. 그런데 환호하지 못하는 이들도 있었다. 다름 아닌 심사 위원들이었다.

그들은 발표가 끝난 뒤 즉각 비상 회의를 열었다. 비상 회의에 참석한 사람은 총 4명.

"이게 도대체 어떻게 된 일입니까?"

"문서가 뒤바뀐 것 같습니다."

"이를 어찌하면 좋습니까? 어째서 절대악의 여자가 1위를 한 겁니까? 우리는 분명 비올라를 선택했는데……!"

그들도 천세송이 아름다운 건 인정한다. 플레이어와 NPC를 통틀어 저토록 완벽한 여자는 본 적이 없다. 그걸 알기는 아는데, 그래도 절대악의 여자를 1등으로 뽑을 수는 없었다. 황궁에서도 절대악을 그리 좋아하지 않는 것이 눈에 보였으니까.

"게다가 그 여자는 이미 임자가 확실합니다."

NPC들도 이제는 절대악의 존재를 확실히 안다. 이번에 굴타 왕국을 혼자서 무너뜨리면서 그 이름을 널리 떨쳤다.

"그 여자를 통해 어떤 이득도 보기 어렵습니다."

사실 말이 좋아 '미스 에르페스'지, 실상은 남자 귀족들의 신부 후보감일 뿐이다. 심사 위원들은 그렇게 생각했다. 미스 에르페스라는 허울 좋은 명분을 걸어 예쁜 여자들을 모집하고, 그 여자들을 고위귀족에게 헌납한다. 그렇게 심사 위원들과 고위 귀족의 커넥션이 형성된다.

"하층민 출신이면 노리개로 쓸 수 있을 테지만……."

"상대는 절대악의 여자요. 고위 NPC에 비할 수는 없어도 함부로 대하기는 어렵습니다."

"지금 우리가 그걸 모르는 게 아니지 않습니까?"

"그래요. 지금 중요한 건 그게 아닙니다."

이거 아무래도.

"1등을 공증하는 문서가 뒤바뀐 것 같습니다."

공증 문서에는 황실의 인장이 찍혀 있다. 그런데 그 인장마저도 모조된 것 같다.

"정말 자세히 보지 않으면 확인할 수가 없을 만큼 정교합니다. 안에서 느껴지는 마나 흐름도 거의 유사합니다."

"……이런 짓을 할 수 있는 사람은……."

그때 누군가가 헐레벌떡 달려왔다.

"이것을 보십시오……!"

금고 안에서 발견했단다. 검은색 깃털 하나가 놓여 있었다. 까마귀의 것이라 짐작되는 깃털.

"저건……?"

대도 블랙의 흔적이었다.

한주혁은 아서 광산과 아서 대륙이 다이렉트로 이어졌음을 공표했다. 워프 포탈을 사용하지 않고도 아서 광산으로 움직일 수 있다. 또한 아서 대륙을 통하면 아메리아 대륙으로 바로 이동할 수도 있다. 하지만 일반인들에게 이 워프 포탈을 공개하지는 않았다.

도렌트는 '그래도 광부들 고용은 이곳 아메리아 대륙에서 하는 것이 좋겠지……!'라면서 희망을 품었으나 그 희망은 물거품이 되어 사라졌다.

"미니미니미니미니!"

가디언즈 미니언은 채굴의 달인이었다. 그 어떤 플레이어들보다도 빠른 채굴 능력을 자랑했다.

천세송이 눈을 반짝반짝 빛냈다.

"오빠. 이거 진짜 다이아몬드야?"

"글쎄, 가지고 나가서 감정해 봐야 알 것 같은데."

새로이 오픈된 필드. 지하 2층에는 몬스터 스톤뿐만 아니라 다이아몬드까지도 묻혀 있었다. 감정 결과 진짜 다이아몬드였다.

천세송은 어린아이처럼 펄쩍 뛰면서 행복해했다.

"오빠, 오빠! 진짜 대단해. 진짜 진짜 축하해. 진짜 진짜 멋있어."

자신의 팔에 매달려 폴짝 뛰는 천세송을 보며 한주혁은 마음먹었다.

'여기서 나오는 다이아로 프러포즈 반지를 만들어야지.'

이왕이면 제일 예쁘고 알이 굵은 놈으로.

'최고급 세공사도 구해보고.'

최고급 세공사, 이를테면 드워프 장인 같은 초고도 전문직을 구할 수 있을 거다. 이제 그는 어엿한 한 대륙의 패자였고 에르페스의 굴타 왕국을 지배하는 지배자였으니까.

'자존심 센 드워프들도 의뢰를 받아들일 거야.'

게다가 그들은 이런 광산에 관심이 많다고 했다. 드워프들을 꼬드겨서 최고급 반지를 만들어낼 수 있을 거다. 가격을 매길 수조차 없는 보물급의 반지를 말이다.

'좋다. 좋아.'

아무래도 이거, 성좌들을 친구로 인정해야 할 것 같다. 란돌의 말을 빌리자면 정말로 친구 각이다. 성좌 덕택에 이러한 것들을 누릴 수 있게 되지 않았는가.

"세송이 너도 미스 에르페스 된 거 축하해."

"나는 그냥 오빠한테 면책 특권, 그거 가져다주고 싶어서 그런 거야."

이 얼마나 기특하단 말인가. 내조의 여왕이 될 거라더니, 진짜로 내조의 여왕이 될 수 있을 것 같다.

'하기야. 얼굴이 그냥 내조지.'

보기만 해도 힘이 난다. 한주혁에게 있어서 천세송은 그런 존재였다.

"근데 상품은 3일 후에 준대."

"그래?"

보통은 바로 주는 게 정상 아닌가. 좀 이상하기는 했지만, 그냥 그런가 보다 했다.

"미니미니미니미니!"

뽁! 뽁! 뽁!

그 와중에도 가디언즈 미니언들은 뽕망치를 휘두르며 채굴을 이어갔다. 덕분에 시르티안이 싱글벙글 웃었다.

'하루 순익이 300억 이상 나겠어……!'

어쨌든 아서 광산과 관련한 일들은 슬슬 정리가 되어갔다.

한주혁은 흐뭇했다. 절대악 메인 시나리오를 통해 굉장히 큰 이득을 봤다. 돈도 돈이거니와, 헥토스를 얻은 것은 엄청난 이득이다. 적어도 본진이라 할 수 있는 프루나 혹은 힐스테이(물론 아직 발각되지 않았지만) 같은 주요 영지를 털릴 염려는 덜어도 되었다.

'이쯤 되면 적대악 시나리오도 진행될 거 같은데.'

성좌, 그리고 절대악 관련 시나리오를 계속 진행 중이니, 그 확장판이라 할 수 있는 적대악 시나리오도 진행될 것이 분명했다. 그래서 클래스를 변경했다.

쪽지가 와 있었다.

'역시.'

뭔가가 진행될 거라고 생각했는데 쪽지의 형태로 무언가가 와 있었다.

'어디 보자.'

그런데 내용이 조금 이상했다.

'이게 뭐야?'

내용을 살펴보니 미스 에르페스 대회에 대도 블랙이 개입한 것 같다.

'발표 결과가 바꿔치기 되었다고?'

그런데 그 발표 결과가 바꿔치기 되는데 대도 블랙이 큰 영향을 끼쳤던 것 같다. 정확한 내용은 만나서 알려주겠단다.

'비밀로 만나자고 한다라.'

이거, 뭔가 구린 게 숨어 있는 것 같다. 비밀 회담을 가져야만 한단다.

적대악 앤서로 접속한 한주혁은 쪽지에 적혀 있던 대로, '우크라나' 영지를 향해 출발했다.

쪽지에 적혀 있는 대로 움직였다. 허름한 술집을 통해 자그 마한 임시 워프 포탈까지 탔다. 이 정도 준비할 정도면 꽤 상위급 NPC일 확률이 컸다.

응접실에 도착한 한주혁을 맞이한 것은, 두 명의 NPC였다.

"어서 오십시오. 당신이 적대악입니까?"

그곳에서 한주혁은 황당한 상황과 마주해야 했다.

에르페스에서 미인이 많이 배출되는 도시는 두 곳이다. 하나는 갈튼 백작이 다스렸렸고 지금은 한주혁의 소유가 된 파라스 영지. 또 한 곳은 바로 이곳 우크라나.

한주혁이 이동한 영지는 에르페스 내에서도 미인이 많이 배출되기로 유명한 도시 중 하나인 우크라나였다. 사실상 플레이어들에게 많이 알려지기로는 파라스보다 우크라나가 훨씬 많이 알려졌다. 많은 사람들이 이렇게 표현했다.

-김태희가 밭을 매는 도시.

-수지가 알바하는 도시.

-장모님의 도시.

우크라나는 정식으로 개방된 곳이 아니지만, 수많은 남성 플레이어들이 들어가고 싶어 하는 도시였다.

그렇지만 한주혁에게는 별다른 감흥이 없었다.

'좀 과장됐는데?'

원래 더 좋은 것을 경험해 본 사람은 그보다 좋지 못한 것에 대한 감흥이 떨어지게 마련이다. 중간 과정에 어떤 일(블랙과 관련된)이 있다고는 해도 어쨌든 에르페스에서 가장 아름답다는 미스 에르페스가 옆에 껌딱지처럼 붙어 있는 한주혁이다. 전혀 감흥이 없다.

'스스로도 신기할 정도네.'

예전, 그러니까 백수 시절에는 TV 속 예쁜 연예인들을 봤을 때 예쁘다고 생각했었다. 언젠가 저런 여자와 만날 수 있을까, 그런 부질없는 생각도 했었다.

그런데 이제는 완전히 달라졌다.

시르티안은 심지어 '주군이시라면 여러 명의 여자를 거느리는 것도 큰 흠이 되지 않습니다. 주모님들을 받들 준비가 되어 있습니다. 여차하면 베르디를 취하시지요'라고까지 말을 했을 정도다.

'진짜 세상일, 알다가도 모르겠네.'

이곳에 오자 새삼스레 그걸 느꼈다.

한주혁은 전혀 모르고 있지만, 재벌가나 이름난 연예인들 중 한주혁을 만나고 싶어 안달이 난 사람도 많다. 강재명을 통해 어떻게든 자리를 만들어보려 하는 중이다. 물론 강재명이 알아서 잘라내고 있고.

어쨌든 미인의 도시, 장모님의 도시. 그런 것들은 한주혁에게 특별한 어떤 느낌을 주지는 못했다.

특별한 느낌을 준 것은 한 NPC였다.

"당신이 적대악?"

그것도 약간 나쁜 쪽으로.

한주혁의 눈에 보인 사람은 두 사람.

한 명은 별다른 특징 없는, 다만 배가 조금 나온 중년의 남자 NPC. 또 다른 한 명은 삐쩍 마른, 옆의 평범한 NPC보다 훨씬 어려 보이는 NPC였다.

'옷차림이 왜 저래?'

보통 귀족 NPC들과는 약간 다른 복장을 하고 있었다. 척 봐도 고급 소재. 대충 보니 실크 비슷한 어떤 소재를 사용한 긴 바지를 입고 있었다. 그것까지는 무난했다. 귀족들은 실크를 즐겨 입는 편이니까.

'근데 나시?'

민소매를 입고 있었다. 이곳은 그다지 덥지도 않다.

'거기에 문신?'

팔뚝에 잉어 형상을 하고 있는 형형색색의 문신을 하고 있었는데 에르페스의 평범한 귀족들과는 너무나 다른 모습이었다.

그 NPC가 다리를 꼬았다. 그러고서 말했다. 반말과 존댓말을 적당히 섞어서.

"소문만큼 포스가 있지는 않네. 절대악을 상대나 할 수 있으려나 몰라."

"……."

"수행원은 따로 없나 보죠?"

"예, 뭐."

수행원을 따로 데리고 다니지 않는다. 적대악은 현재 혼자다.

"듣자 하니 제국 특사의 임무도 받았다던데. 수행원 몇 명 정도는 좀 데리고 다녀요. 모양 빠지잖아."

한주혁은 인상을 살짝 찡그렸다. 말하는 모양새 하며 태도 하며 마음에 들지 않았다.

NPC가 어깨를 으쓱했다. 뼈가 앙상하게 보였다.

"이래서 우리가 특별 퀘스트를 내려도 되는지 모르겠네."

"마렌 경. 절대악과도 상대할 수 있다고 알려져 있는 적대악 입니다."

"그래서 부른 거잖아. 퀘스트 내려주려고. 플레이어들은 퀘 스트에 환장한다며?"

저 나이 어린, 팔뚝에 문신을 휘감은 NPC의 이름이 마렌인 듯했다.

'그러고 보니 자기소개도 안 했어?'

보통 에르페스의 귀족들은 처음 보는 사이에서 인사를 나 눈다. 하급자가 상급자에게 먼저 자기소개를 하고 인사를 하 는 것이 암묵적인 예의인데, 그것이 불분명할 때에는 초대를 한 쪽이 초대받은 쪽에게 자기 자신을 먼저 소개한다. 한주혁 도 그 사실을 알고 있다.

'나를 초대한 건 저쪽인데 자기소개를 안 해?'

그때 평범한 차림의 NPC가 정중하게 말했다.

"저는 지방의 작은 영지를 다스리고 있는 푸트론 자작입니다. 과분하게도 이번 미스 에르페스 대회의 심사 위원을 맡고 있었습니다."

"적대악 앤서입니다."

"저희가 적대악을 부른 이유는 퀘스트를 내리기 위함입니다."

푸트론 자작이 정중하게 말하는 것이 같잖다는 듯, 마렌은 인상을 찡그리고 앉았다. 말로 하지는 않았지만 '우리한테 퀘스트를 받는 놈인데 이렇게 정중하게 말을 해야 돼?'라는 것이 온몸으로 느껴졌다.

"대략적인 내용은 봤습니다."

"그럼 찾아."

"……."

대략적인 내용. 그러니까 어떤 서류를 블랙이 바꿔치기했고 그에 따라 우승자가 바뀌었다는 그런 내용. 그것만 알고 온 상황인데 다짜고짜 찾으란다.

"퉤."

문신한 팔을 소파 위에 올리면서 마렌이 침을 퉤 뱉었다. 당연한 말이지만 이곳은 실내다.

"퀘스트 줄게. 아주 좋은 퀘스트일 거야. 보상도 좋을걸?"

알림도 들려왔다.

-퀘스트 '뒤바뀐 서류'가 활성화됩니다.

"시간은 3일 준다."

-제한 시간은 3일(72시간)입니다.
-72:00:00

한주혁의 눈에 제한 시간창이 떴다.
한주혁의 눈이 가늘어졌다.
'3일?'
세송이도 말했었다. 상품, 그러니까 황제의 인장이 들어간 '면책 특권'이 3일 뒤에 주어진다고. 그 기간 내에 대도 블랙과 관련된 단서를 찾고 뒤바뀐 서류를 찾아야 한다는 거다.
대놓고 불량한 마렌을 말리지 못한 푸트론 자작이 눈인사로 양해를 구했다.
그가 설명을 이었다.
"어디 멀리 가지는 못했을 겁니다. 멀리 갈 수 없도록 되어 있는 문서니까요. 반경 5㎞ 내에 있습니다. 3일 후에 문서는 저절로 소멸됩니다."
한주혁이 어깨를 으쓱했다.
"문서를 찾아야 한다는 거네요."
그 문서로 미스 에르페스의 우승자가 뒤바뀌는 것 같다. 정확한 시스템은 몰라도 대충 그러한 형식인 것 같았다.

"대도의 흔적이나 단서는요?"

"검은색 깃털밖에는 없습니다."

현장 사진을 홀로그램으로 띄워서 보여줬다.

마렌이 그 자리에서 담배를 물었다. 푸트론 자작이 공손하게 라이터를 가져다 댔다.

한주혁이 말했다.

"불 안 끄냐?"

홀로그램을 통해 정보는 얻었다. 정보라고 해봐야 별거 없었다. 아무것도 찾을 수 없었으니까. 제국 최고의 도둑이라더니. 확실히 뭔가 있기는 있는 모양이다.

"……."

푸트론 자작과 마렌이 동시에 한주혁을 쳐다봤다.

"뭐라고 했냐?"

"푸트론 자작님? 저 새끼 불을 붙여줄 게 아니라 귀를 좀 파주세요."

한주혁은 마렌을 처음부터 조금 이상하게 생각했다. 저 담배, 에르페스에는 없는 물건이다. 귀족들이 사용할 물건은 아니다. 현실 속 담배와 거의 똑같이 생겼다.

'저 문신과 나시도.'

일반적인 NPC들과는 많이 다른 행태다. 마치, 에르페스의 귀족 NPC 중 누군가가 현실 속 문화를 받아들인 것 같은 느낌이랄까. 바깥 세계의 문화를 이단 취급하거나 하류 문물 취급하는 귀족 NPC가 현실 속 문화를 받아들인다? 이건 아무래도 좀 이상하다.

'아주 사소하지만……'

정말 사소한 거고, 그냥 넘어갈 수 있는 문제지만.

'뭔가 조금 이상하긴 하네.'

자작이 저토록 굽실거릴 정도면 꽤 힘이 있는 NPC 가문의 자제인 것 같은데. 저런 NPC가 어째서 현실과 비슷하게 생긴 담배를 물고 있고, 문신과 민소매를 입고 있단 말인가.

'모르긴 몰라도. 에르페스에도 어떤 변화가 있는 모양이야.'

어떤 변화가 시작되고 있다. 그게 얼마만큼 큰 바람으로 불어올지는 아직 모르겠지만, 일단 변화는 시작됐다.

'그건 그거고.'

한주혁이 말했다.

"내가 너 같은 새끼들을 좀 아는데."

한주혁이 자리에서 일어섰다. 이곳은 안전지대다. 쳐도 안 죽는다.

"많이 맞으면 정신을 좀 차려."

"이 플레이어 새끼가! 퀘스트 받기 싫어?"

"어. 싫어. 병신아."

한주혁이 뚜벅뚜벅 걸어갔다.

분명 굉장히 천천히 걸어오는데, 마렌은 산이 걸어오는 것 같은 느낌을 받았다.

푸트론 자작도 그걸 느꼈다.

'마법사라고 하지 않았나?'

그런데 틈이 보이지 않았다. 대충 걸어오는 것 같은데, 찔러 들어갈 구석이 없다. 말 그대로 태산이 걸어오는 느낌.

'어떻게 마법사가……?'

숙련된 기사나 무술가 같은 기도를 뿜어낼 수 있는 건지 모르겠다. 마법사들은 허점투성이인 것이 정상인데.

"여기가 안전지대라는 것에 감사해. 밖에서 만났으면 일단 존나 맞았어."

"이 미, 미친 새끼."

그냥 걸어오기만 했는데 마렌은 잔뜩 쫄았다. 일어서기는 일어섰으나 다리가 후들후들 떨렸다. 한주혁이 가까이 다가오자 뒷걸음질 쳤다.

"너 따위한테는 퀘스트도 없어!"

"퀘스트?"

'뒤바뀐 문서를 다시 돌려놓는 퀘스트?'

"그, 그래. 퀘스트. 너희가 목멘다는 퀘스트다. 중요도가 매우 높은, NPC의 특권으로 내릴 수 있는 퀘스트 말이다!"

마렌은 아주 약간이나마 여유를 찾은 듯 말했다.

"지금이라도 싹싹 빌면 특별히 퀘스트를 내려주도록 하지. 개처럼 빌면 말이다."

"좆 까."

한주혁은 엄지손가락과 검지손가락으로 마렌의 뒷덜미를 잡고 들어 올렸다. 공격은 할 수 없어도 이 정도는 된다.

"하늘 좋아해?"

그는 뚜벅뚜벅 걸어갔다. 창문을 열었다. 그리고 마렌을 냅다 집어 던졌다.

"날아라. 비행기."

"으아아아악!"

마렌이 허공에서 팔을 허우적거렸다. 하늘 높이 날았다. 푸트론 자작이 약간의 마법을 익히고 있었는지, 마렌의 몸에 무언가 마법을 걸었다.

푸트론 자작은 침을 꿀꺽 삼켰다.

"……마법사…… 아니었습니까?"

"마법사 맞는데요."

"그런데 완력이……."

검지와 엄지로 사람을 들어 올렸다. 마렌의 몸무게가 약 55㎏ 정도. 남자치고 가벼운 몸무게이기는 했으나, 저렇게 가볍게 들 수 있는 무게도 아니다. 가볍게 들 수도 없을뿐더러 저 정도 높이까지 집어 던질 수도 없다.

철푸덕!

요란한 소리와 함께 마렌이 땅에 떨어졌다. 안전지대인지라 다치지는 않았으나, 마렌은 극도의 공포감을 느껴야만 했다. 팬티가 조금 젖었다.

저만치 아래에서 마렌이 절규했다.

"저, 저, 절대! 절대 퀘스트 주지 마!"

한주혁이 말했다.

"주지 마. 병신아."

그 퀘스트. 클리어하면 세송이의 1위 자리가 뒤바뀌는 것 아닌가. 그런 퀘스트 클리어를 뭣 하러 해준단 말인가. 게다가 1등에게는 '면책 특권'이 주어진다. 그걸 빼앗길 수도 있다. 그 딴 퀘스트, 줘도 사양이다.

"근데 괜찮겠어?"

한주혁이 씨익 웃었다.

"너희, 황제의 인장이 찍힌 문서를 도둑질당했네?"

"……."

푸트론 자작의 얼굴이 굳어졌다.

"그래서 비밀로 나를 불렀네?"

한주혁이 싱글벙글 웃었다.

"발 없는 말이 비행기보다 빠르다는 말. 못 들어봤지? 와. 다른 NPC들한테 부탁할 수도 없고. 이거 소문나면 개망신이겠다. 그렇지? 대도 때문에 황제폐하의 면책 특권을 엄한 사람에게 주게 생겼어."

"……."

이 순간만큼은 마렌의 얼굴도 굳어졌다.

"너넨 좆 된 거야."

푸트론 자작도 사실 같은 놈이다.

"애초에 인사도 안 하고."

기를 죽이려고나 들고.

"눈짓으로만 양해를 구하는 게 말이 돼?"

무례를 저지르는 건 저쪽인데 왜 이쪽이 양해해야 하는 건지 모르겠다.

이런 상황까지 오지 않도록 충분히 대처할 수 있었다. 먼저 인사하고, 정중히 퀘스트를 건네고 얘기하면 될 일이었으니까.

그런데 은근슬쩍 이쪽의 기를 죽이려고 했었다. 이미 산전수전 다 겪은 한주혁이다. 대통령들도 많이 만나봤다. 척 보면 척이다.

"예의를 차리십시오!"

"예의는 너희가 먼저 차렸어야지. 내가 쟤한테 걸어갈 때, 나를 공격하려고 하더라. 안전지대 무시 설정이라도 갖고 있는 거야?"

"……."

"그래서 그렇게 자신만만하게 굴었어?"

잔뜩 굳어진 얼굴의 푸트론이 물었다.

"……원하는 것이 무엇입니까?"

"음."

약 3초간 생각하던 한주혁이 말했다.

"공손하게 부탁해 봐."

"……퀘스트를 말입니까?"

한주혁이 고개를 끄덕였다.

분노에 가득 찬 마렌이 저만치 아래에서 바들바들 떨고 있는 상황. 푸트론 자작의 목소리도 약간 떨렸다.

"부탁드립니다. 뒤바뀐 문서를 되찾아주십시오. 대도 블랙과 관련된 매우 중요한 일입니다."

그래서 대답했다.

"응. 싫어."

저만치 밑에서 절규도 들려왔다.

"이 미친 또라이 새끼야!"

라는 외침이었다.

퀘스트 알림도 이어졌다.

-퀘스트 '뒤바뀐 서류' 클리어에 실패하였습니다.

그렇게 3일이 흘렀고 결국 천세송은 예정대로 미스 에르페스로 인정되었으며 '면책 특권'을 받을 수 있었다. 천세송은 '오빠한테 도움이 될 수 있을 거야!'라고 말하면서 굉장히 기뻐했다.

그런데 그때 귓말이 들려왔다.

한주혁이 씨익 웃었다.

'그렇단 말이지?'

퀘스트. '뒤바뀐 서류'는 분명 시스템적으로 끝났었다. 그러나 완전히 끝난 건 아닌 모양이었다.

"당신이 흑화당의 당주?"

흑화당의 당주의 이름은 렉서다. 세상에 알려져 있지는 않지만 스카이 데블의 장로이기도 하다.

제3 장로, 렉서가 고개를 끄덕였다.

렉서는 높은 단 위에 앉아 있는 상태.

저만치 아래에 있는 의뢰인이 렉서를 쳐다봤다. 의뢰인은 기분이 조금 나쁜 듯했다.

"높은 곳에서 날 내려다보고 있으니 기분이 좋지 않군."

"적이 많아서."

일부러 의뢰인과 거리를 둔다는 얘기다.

"돈만 주면 뭐든지 다 해준다는 곳인가?"

"정확히 말하면 누군가를 죽여주지. 아니면 죽고 싶을 만큼 괴롭게 하든지."

그렇다. 흑화당은 에르페스 제국 내에서 가장 유명한 두 개의 살수단체 중 하나다. 많은 고위 귀족들이 여태껏 이용해왔고, 그래서 없애지 못하고 있는 단체.

"의뢰를 요청하지."

"이미 들었겠지만 흑화당의 존립 자체에 위협을 끼칠 수 있는 의뢰를 제외한 모든 제외를 받아들인다."

그가 의뢰했다.

"적대악을 죽여."

"적대악?"

렉서는 저만치 아래. 복면과 로브로 얼굴과 체형을 전부 가리고 있는 남자를 쳐다봤다.

"흠."

"왜? 의뢰비가 적나?"

"적지는 않다만."

렉서가 일단 그를 돌려보냈다. 몰래 명령했다.

"놈의 뒤를 따라가."

"알겠습니다."

저 의뢰인이 누군지 알 것 같기는 했지만 확실해야 했다.

"우크라나 영지 쪽으로 움직여라. 그쪽의 막내아들 놈이 망나니라고 하더군. 딱 저와 비슷한 체격과 목소리를 가졌다."

약간의 변조 작업을 거치기는 했지만, 일류 중에서도 초일류 살수인 렉서의 눈을 속이지는 못했다.

'우크라나 영주의 막내아들이라.'

어째서 적대악을 노리는지 모르겠다. 적대악은 플레이어. 저 정도의 고위 NPC가 어째서 적대악을 노린단 말인가.

정보를 좀 모아봤다. 이것 역시 세상에 알려진 사실은 아니지만 에르페스 2대 살수 단체인 살막과 흑화당은 사실 형제격의 단체다. 살막의 주인이 제2 장로 요르한이고, 흑화당의 주인이 제3 장로 렉서니까.

이번에는 살막 쪽에서 정보가 들어왔다.

"살막에서 정보가 공유되었습니다."

렉서가 고개를 끄덕였다.

"그렇게 된 것이군."

그리고 바로 귓말을 넣었다.

-주군. 주군께 긴히 드릴 말씀이 있습니다.

-뭐지?

-적대악 앤서를 죽여달라는 의뢰가 있었습니다.

한주혁은 어이가 없어서 웃고 말았다.

-앤서를?

-그 자리에서 죽일까 하다가, 어떤 이유가 있는가 해서 따로 알아보았습니다. 살막을 도움을 좀 얻었습니다.

-나한테 좀 맞아서 그럴걸?

-저도 처음에는 그런 줄로만 알았습니다만.

렉서는 장로다. 절대악이 곧 적대악이며, 한주혁이 베르디의 진전을 잇고 있다는 사실도 잘 알고 있다.

-놈이 이번 일로 인해 변방 영지로 쫓겨나게 되었습니다.

미래의 적이라 할 수 있는 절대악에게 면책 특권을 준 것이나 다름없다.

-첨언하자면 마렌은 우크라나 영주의 막내아들입니다. 우크

라나 영주는 곧 두반 백작입니다.

두반 백작. 일반 백작과는 다른, 말 그대로 중앙 귀족이다. 에르페스 제국에 존재하는 수많은 백작 가문 중에서 가히 다섯 손가락 안에 꼽히는 명문가.

-이번 일의 경우. 이 정도까지 문책이 될 사안은 아니었습니다.

-그래?

한주혁은 NPC 세계가 어떻게 돌아가는지. 정확하게는 모른다. 대중적으로 잘 알려져 있는 정도만 알고 있다.

렉서의 말을 계속해서 들어봤다.

-변방의 영지로 쫓겨나기는 했는데, 그 영지의 이름이 우크라입니다.

-우크라나와 이름이 매우 비슷하군.

-그렇습니다. 우크라나의 자매라고도 불리는 작은 영지입니다.

-우크라나와 어떤 연관이 있나?

우크라나 그리고 우크라. 귀양살이 비슷하게 추방된, 그래서 근신하게 된 마렌. 여기에 어떤 연결 고리가 있는 것일까.

잠시 숨을 들이마신 렉서가 말했다.

-먼저 배경을 설명드리겠습니다. 우크라나의 영주 두반 백작은 매우 총애하는 기사를 한 명 데리고 있습니다. 에르페스 제국에서도 이름 높은 갈렌티아입니다.

갈렌티아라는 말에 한주혁은 좀 더 집중했다.

'갈렌티아라.'

예전, 한주혁을 찾아왔던 이름도 없는 황궁기사인 카일과는 궤를 달리하는 수준의 기사다. 그는 황궁 기사단 중 하나인 백호 기사단의 부단장을 역임했으며 현재는 두반 백작가의 충실한 기사로서 그 임무를 다하고 있다. 에르페스 제국 내에서도 손꼽히는 기사 중 하나다.

-나도 아는 이름이군.

-갈렌티아가 대도 블랙과 관련되어 있다 생각되는 마을을 공격한 적이 있습니다. 생존자는 전무했습니다.

개미 새끼 한 마리 남기지 않고 전부 죽였단다.

-대도와 어떠한 흔적이 연결되어 있는지는 밝혀져 있지 않았지만, 그 이후 두반 백작이 그 마을에 성을 세우고 우크라 영지라 이름 붙였습니다. 감시를 하기 위함인 것 같다고…… 추정하고 있습니다. 그곳과 블랙이 관련이 있다고 생각하기 때문인 것 같습니다.

-그리고 그곳으로 자신의 아들을 보냈다?

한주혁이 물었다.

-그래서, 결론은?

-이것은 순전히 제 개인적인 의견입니다만.

렉서가 잠시 뜸을 들였다. 말 그대로 개인적인 의견이니까.

-지금 두반 백작은…… 마렌을 의심하고 있는 것이 아닌가 생각됩니다.

-자기 아들을? 구체적으로 어떤 의심?

-마렌과 대도 블랙 사이에 어떤 연결 고리가 있지 않은가에 관한 의심입니다. 마침 타이밍 좋게, 대도가 흔적조차 남기지 않고 1위 발표 문서를 위조했으니까요.

아무리 대도라 할지라도 이렇게까지 완벽할 수는 없다. 누군가 안에 조력자가 있다는 얘기.

-마렌을 의심하는데 어째서 우크라로 보내지?

-정확히는 알 수 없으나 우크라는 대도 블랙과 어떤 연관성이 있다고 판단한 것 같습니다.

그에 따라.

-대도 블랙과 마렌이 더욱 쉽게 만날 수 있는 기회를 마련해 준 것 같습니다.

겉으로 보기에는 상황이 완전히 다르다. 명문가의 막내아들이다. 따라서 벌을 주기는 주되 약하게 줬다. 아버지의 영지 중 하나로 말이다.

-마렌을 활용하여 블랙과의 연결 고리를 찾아낼 심산인 것 같습니다.

그래서 마렌을 죽이지 않았다.

사실 그가 두반 백작가의 막내아들이라는 이유도 한몫했다. 뒷감당이 굉장히 껄끄러워지니까. 특히 갈렌티아가 직접 움직이면 제아무리 대단한 흑화당이라고는 해도 굉장히 귀찮아질 수 있다.

-혹시 어떠한 의심이 있을까 하여, 의뢰는 받아놓았습니다.

한주혁이 어깨를 으쓱했다. 그래, 뭐. 열심히 의뢰해 봐. 에르페스 제국에서 가장 이름 높은 두 개의 살수단체가 내 건데. 음, 열심히 해봐. 비행기.

-두반 백작의 의중은 두 가지 중 하나로 생각됩니다.

하나는.

-아들을 사랑하지 않기에, 이용하여 블랙을 쫓는 것.

또 다른 하나는.

-아니면 아들을 너무나 사랑해서, 블랙과 교류가 있다 할지라도 황궁까지 가지 않고, 자신의 선에서 정리하려는 것일 수도 있습니다.

아직까지 두반 백작의 의중을 정확하게 알 수는 없었다. 자진하여 황제에게 사과를 올렸고, 제 아들을 벌줬다는 것만 알게 되었을 뿐.

그러던 찰나, 한주혁에게 알림이 들려왔다. 더 정확히 말하자면 적대악인 앤서에게 들린 알림이었다.

적대악, 앤서에게 퀘스트가 주어졌다.

-퀘스트 '마렌과의 동행'이 활성화됩니다.
-퀘스트의 주체는 두반 백작입니다.

-퀘스트를 받기 위하여 두반 백작의 저택으로 이동해야 합니다.

한주혁이 의자에 앉았다. 현재 그는 푸르나의 집무실에 앉아 있는 상태. 그 앞에는 시르티안이 서 있었다.

"시르티안."

"예, 주군."

"원거리에서, 얼굴 한 번 보지 않은 플레이어에게 시스템을 활용하여 직접 퀘스트를 내릴 수 NPC의 급은?"

"최소 왕 이상일 것입니다."

그것도.

"전에 주군께서 처리하셨던 굴타 왕국의 국왕 정도로는 안될 것이라 짐작됩니다."

쉽게 말해 클래스가 있는 NPC들이나 가능하다는 얘기다. 시스템을 활용하여 퀘스트 지령을 내릴 수 있는 NPC. 아마도 고유 권능에 가까운 이 능력을 활용하는 NPC.

"두반 백작이 나를 부르네."

그래서 가보기로 했다. 적대악에게 어떤 퀘스트를 주려는지.

두반 백작의 영지로 들어가는 것도 꽤 쉽지 않았다. 한주혁의 본진이 푸르나라면, 두반 백작의 본진은 '에티피아'라는 곳이었는데 아메리아 대륙으로 들어가는 것보다 더 복잡하고 까다로웠다.

'워프 포탈만 7번을 탔어.'

일부러 이렇게 돌려가는 것인지. 아니면 진짜 길이 이런 것인지는 모르겠다만,

'이 필드 전체가 대저택으로 분류되어 있다고?'

처음 느낌은 굉장히 크다였다. 그냥 새로운 필드에 들어왔는데 이곳 전체가 '대저택'이라는 필드였다. 악마의 대저택은 대저택이라고 볼 수도 없었다.

'아예 건물이 보이질 않네.'

밖이라는 개념이 없다. 이곳 전체가 아예 하나의 저택이었으니까. 거기서 두반 백작과 만났다.

'게다가 전부가 안전지대 설정.'

이렇게 넓은 안전지대는 처음 본다. 응접실로 안내받은 한주혁이 소파에 앉았다. 거짓말 조금 보태서 구름 위에 앉아 있는 것 같은 느낌을 받았다. 특수한 마법처리가 되어 있는 소파 같았다.

'이런 거 집에 하나 갖다 놔야겠어.'

절대악도 욕심이 날 정도다. 단순히 소파만 해도 그랬다. 간단하게 인사를 마치고 이어진 두반 백작의 말은 그렇게 길지 않았다.

"……잘 부탁하네."

퀘스트를 줬을 뿐이다. 막내아들인 마렌을 잘 보필해 달라는 퀘스트였다.

한주혁이 되물었다.

"……끝인가요?"

그때 두반 백작의 눈이 아주 약간이나마 가늘어졌다. 한주혁의 예리한 눈썰미는 그것을 놓치지 않았다.

"무슨 뜻이지?"

"왜 군이 플레이어인 저를 불러서 퀘스트를 주는 건지 이해가 되지 않아서요. 훌륭한 기사들도 많이 있고, NPC들도 있는데."

기본적으로 플레이어들은 NPC에 비해 능력이 딸린다. 대부분 그렇게 생각한다. 맞는 말이기도 하고.

"내 아들의 안위를 부탁하는 것이 이상한가?"

"이상하죠."

평소라면 그러려니 할 수도 있겠지만 렉서의 말을 들은 이후다. 감을 잡았다.

"그것도 하필이면 우크라 영지로."

"……."

백작은 잠시 차를 마셨다. 그 마시는 모양새가 란돌과 굉장히 비슷했다.

"대도 블랙과 연관이 있는 곳으로. 대도 블랙과 관련된 사건이 벌어진 당사자를 보내는데. 대도 블랙의 반대편이라 할 수 있는 플레이어인 저를 굳이 콕 집어서."

절대악이 대도 블랙과 같은 편에 속한다면, 적대악은 절대악의 적이라 할 수 있다. 대도 블랙과 다른 편. 굳이 분류하자면 그렇다. 그리고 다들 그렇게 분류하고 있다.

"뭔가 이상하잖아요? 다른 NPC에게 부탁하자니 뭔가 켕기는 부분이 있어서 그런 건가요?"

두반 백작이 찻잔을 내려놓았다.

"아주 기밀이라고 보기에는 어렵지만 그래도 상당히 고급에 속하는 정보들을 잘 알고 있군."

"반드시 플레이어에게 퀘스트를 줘야만 하는 어떤 이유가 있는 겁니까?"

두반 백작은 한주혁을 지그시 쳐다봤다. 아주 잠깐이지만, 그 눈에 감탄하는 빛이 어렸다.

'적대악이라.'

플레이어 중에 이런 자가 있을 줄은 몰랐다. 그 역시 고위 NPC이고, 플레이어들을 높이 쳐주지 않았었으니까.

그렇지만 마음을 고쳐먹었다.

'플레이어 중에 이런 자가 있었구나.'

적대악이 이 정도다. 그렇다면 플레이어 중 제일이라는 절대악이 어느 정도일지, 가늠하기가 어려웠다.

'플레이어들이 이토록 급속도로 성장하고 있었다니.'

200년 전, 플레이어들이 처음 모습을 드러낸 이후. 가장 급격한 성장세를 보이고 있는 것 같다. 애초에 절대악 혹은 적대악 급의 플레이어가 아니었다면 두반 백작쯤 되는 NPC와 만나거나 대화를 섞을 일도 평생 없었겠지만.

두반 백작이 입을 열었다.

"내가 그대를 너무 쉬이 봤군."

그와 동시에 새로운 알림이 들려왔다.

-두반 백작의 신임을 얻는 데에 성공하였습니다.
-히든 피스를 만족합니다.
-히든 피스 만족으로 인하여 새로운 퀘스트로 전환됩니다.

새로운 퀘스트가 떴다. 원래 두반 백작의 아들. 마렌을 잘 지켜주는 것이 퀘스트였다. 이름이 조금 바뀌었다.

퀘스트창을 열어봤다.

<밝은 길로의 인도>

두반 백작의 막내아들인 마렌은 평소 행실이 괴이하기로 유명합니다. 때문에 두반 백작의 고민이 이만저만이 아닙니다. 두반 백작은 최근 마렌이 대도 블랙과 연관이 있을지도 모른다는 걱정을 하기 시작했습니다. 대도 블랙은 반역자 칸트의 심복입니다. 두반 백작의 사랑하는 아들, 마렌은 그러한 반역도 무리와 연결점이 없어야 합니다.

퀘스트. '밝은 길로의 인도'를 클리어하기 위해서는 다음의 두 가지 조건 중 하나를 만족하면 됩니다.

1) 마렌이 대도 블랙과 연관이 없다는 증거를 찾아오십시오.

2) 마렌이 대도 블랙과 관련이 있다면, 마렌을 바른길로 인도하십시오.

단, 이러한 모든 내용이 외부로 알려져서는 안 됩니다. 본 퀘스트는 비밀 퀘스트입니다. 퀘스트 내용이 외부로 유출 시에는 막대한 불이익이 발생하게 됩니다.

한주혁이 씨익 웃었다.

'이래서 예습이 중요한 거지.'

스스로 예습한 건 아니고, 부하인 렉서가 열심히 공부해서 답만 알려준 것이기는 하지만 어쨌거나 예습이 중요하긴 하다. 이미 알고 있었던 내용인지라 한주혁은 여유로웠다.

"이럴 것 같더군요."

센티니아 대륙 최고의 살수단체인 살막의 수장답게, 굉장히 정확하게 유추했다.

'두 선택지를 정확하게 맞췄네.'

두반 백작도 아들이 정말로 블랙과 관련이 있는지 모르는 상황이다.

'아들을 이용해 먹으려는 건 아닌 거 같고.'

혹시 모른다. 시스템을 이용하여 원거리의 플레이어에게 퀘스트를 던지는 고유 권능까지 가진 상위급 NPC다. 퀘스트 내용까지 속이고 있을 수도 있다. 아들을 사랑하지 않는데, 사랑하는 척. 걱정하지 않는데, 걱정하는 척. 그래서 이런 퀘스트를 줬을 가능성도 무시할 수는 없었다.

'일단은 아들을 사랑하고 있다는 쪽으로.'

다른 가능성을 배제하지는 않지만, 이쪽에 더 무게를 두기로 했다.

"일부러 우크라로 보내는 거군요. 최근 대도 블랙과 어떤 사건이 있었던 영지로 알고 있습니다만."

"정보를 어디서 어떻게 얻는 건지. 신기할 지경이군."

"대도 블랙과 관련이 없을 겁니다. 다만 마렌 경의 행동이 좀 특이할 뿐."

"제발 그러면 좋겠네."

퀘스트 알림이 이어졌다.

-두반 백작의 신임을 얻는 데에 성공하였습니다.

-두반 백작의 신뢰를 얻음에 따라 퀘스트에 몇 가지 요소가 추가됩니다.

-퀘스트 클리어 보상이 1.2배 추가 산정됩니다.

-퀘스트 클리어 시, 두반 백작을 비롯한 두반 백작가와 친분 관계에 있는 모든 영지/사냥터에 자유로이 출입할 수 있는 권한을 얻습니다.

클리어 보상 1.2배 추가 산정은 그렇다 치더라도 두반 백작가와 친분 관계에 있는 모든 영지에 들어갈 수 있다는 건 굉장히 큰 메리트다.

아직까지도 베일에 가려져 있는 에르페스 제국 전체 지형, 지도 등에 좀 더 가까이 다가갈 수 있게 되는 거다. 세력 구도를 더 자세히 알 수 있다면, 활동 영역 자체가 넓어진다.

두반 백작이 말했다.

"신뢰가 크면 실망도 큰 법."

그러나 퀘스트 실패에 따른 페널티도 분명히 존재했다.

-퀘스트 실패 시, 두반 백작을 비롯한 두반 백작가와 친분 관계에 있는 모든 영지와 최고 수준의 적대 관계가 형성됩니다.

-최고 수준의 적대 관계는 플레이어 앤서의 델리트 시까지 유지됩니다.

-최고 수준의 적대 관계 시, 두반 백작가를 비롯한 모든 친분 가문에서 적대악을 델리트하기 위하여 모든 노력을 다할 것입니다.

완전히 반대였다. 퀘스트 성공 시 두반 백작가를 비롯한 많은 가문들과 친하게 지낼 수 있지만, 퀘스트 실패 시엔 그 반대다. 척살까지 당한다.

'이거 참.'

만약 한주혁이 그냥 적대악이었다면 반드시 성공시켜야만 하는 퀘스트다.

두반 백작가는 갈튼 백작과는 차원이 다른, 몇 등급은 높은 백작이다. 말하자면 백작 중에서도 네임드 백작. 백작보다 높은 지위라고 알려진, 후작들과도 어깨를 나란히 하는 고위 NPC. 이러한 NPC와 친분 관계를 형성하고 그에 준하는 다른 NPC들과도 친하게 지낼 수 있다면?

'적대악으로만 플레이해도 세상 편하게 잘 먹고 잘살긴 하겠네.'

역시 스승의 말이 맞다. 뭐가 됐든 레벨이 갑이다. 정확하게 말하자면 레벨에 따른 능력치긴 하지만 어쨌든 갑은 갑이다. 적대악으로 플레이한 지 얼마 되지도 않았는데 이런 기회까지 주어졌으니까.

'근데 나는 그냥 적대악이 아니잖아?'

적대악만 해도 잘 먹고 잘살 수 있다. 하지만 그의 진짜 클래스는 절대악이다. 적대악은 보조 클래스고.

한주혁이 어깨를 으쓱했다.

'실패해 봤자 별 의미 없네.'

어차피 절대악은 언젠가 제국과 척을 지게 될 사이다. 한주혁 본인이 그걸 너무나 잘 알고 있다. 제국 전체와도 맞짱을 떠야 하는데, 제국 내 백작과의 관계가 틀어진다고 해서 무서울 것도 없다.

'나한테 좋은 건 마렌과 동행하면서 블랙과의 접점을 만들어볼 수 있다는 거겠지.'

애초에 적대악이라는 클래스를 얻은 것은 이것을 위함이 아니었던가. 제국의 골칫거리이자 가장 큰 눈엣가시인 젊은 영웅 칸트. 그리고 대도 블랙과 만나기 위해서. 제국의 뒤통수를 한 번 쳐보기 위해서. 그래서 굳이 서브 클래스인 적대악을 키우고 있는 거다.

"아. 그런데 두반 백작님."

"말씀해 보시게."

"마렌 경을 지키기는 지킬 것인데……."

한주혁이 뜸을 들였다.

"흠."

"어서 말해보게."

뜸을 더 들이기로 했다.

"다른 NPC들에게 이 중요한 임무를 맡기지 못하는 것은, NPC들을 믿지 못하기 때문이겠죠. 이해합니다. 사항이 사항이니만큼."

'신뢰'라는 이름으로 자신을 구속했다. 말이 좋아 신뢰지, 퀘스트 제대로 못 하면 적대악이라는 클래스 자체를 잃게 생겼다. 한주혁이 평범한(?) 적대악이었다면 꼼짝없이 열심히 해야 하는 퀘스트였다.

"또한, 그대를 믿게 되었기 때문이기도 하다."

그렇겠지. 이런 식으로 사람을 구속했는데 믿어야지.

'정치하는 NPC 맞네.'

말은 그럴듯하게 했지만 어쨌든 이쪽을 완벽하게(두반 백작이 생각하기에는) 구속했다. 자신의 뜻대로 움직일 수밖에 없도록.

'친분 관계에 있는 가문들이라.'

그 이름까지 표기되지는 않았지만 한주혁의 미니맵에 대충 표시되었다. 굉장히 많았다. 친분 관계에 있는 가문의 숫자가 적어도 스물은 넘어 보였다.

'많긴 많네.'

실패하면 굉장히 까다로워질 것 같기는 했다.

'일단은.'

일단은 퀘스트를 진행해 가면서 시나리오를 완성해 보기로 했다. 한주혁이 본론을 말했다.

"마렌 경에게 약간의 훈육이 필요할 거 같은데. 괜찮나요?"

"……훈육?"

그 말에 두반 백작은 황당해하다가 이내 크게 웃음을 터뜨렸다.

"하하하하하하하!"

두반 백작은 황당하면서도 좋았다.

"훈육이라, 훈육. 그래, 훈육. 그것이 마렌에게 정말 필요한 것이기는 하네."

막내아들이라 너무 오냐오냐 키웠다. 그게 화근이었다.

"그렇죠? NPC들은 두반 백작님 때문에 제대로 된 훈육을 할 수 없으니까요."

푸트론 자작도 그랬다. 마렌에게 꼼짝 못 하지 않았던가. 어지간한 NPC들이 아니고서는 마렌을 제대로 훈육하지 못했을 거다.

"내가 플레이어를 택한 것이 매우 훌륭한 한 수가 되었구나. 좋네, 훈육을 허가하네."

한주혁이 씨익 웃었다.

'그 훈육.'

조금.

'아플 수도 있어요.'

베르디가 싱글벙글 웃었다.

"그럼요. 존재한답니다. 특별히 어려운 마법이라 아니라 공용마법 수준으로 낮춰서 사용할 수 있사와요."

베르디는 기뻤다. 주군 오라버니가 자신에게 무언가를 배운다는 것. 그것에 열심이라는 것. 그것 자체로 행복했다.

"주군 오라버니께서 사용하시면 공용마법이라도 굉장한 마법이 될 수 있을 것이어요. 레벨 제한은 50으로 만들어보았답니다."

레벨 제한도 통과했다. 덕분에 익힐 수 있었다.

-스킬. '손맛이 제 맛'이 생성됩니다.

적대악 전용 스킬이다. 더 정확히 말하자면 적대악 전용, 베르디 특제 마법.

"고문은 제 특기여요. 자신 있사와요."

고문이 특기이기는 한데. 그중에서도.

"역시 손으로 때리는 것이 제 맛이와요! 오홍홍홍! 찰지니까요! 오홍홍홍홍!"

베르디는 그 어느 때보다 기쁘게 웃었다.

마침 그 옆에 서서 졸고 있던 꼬꼬가 찔끔 놀랐다.

키엑?

주인이 뭔가 이상한 걸 배운 것 같다. 손맛이 제 맛? 뭔가 느낌이 안 좋다.

그러고 보니 잠결에 들은 것 같다. 고문 같은 것에 좋은 마법 없냐고. 이왕이면 공용마법 수준으로 약화되어 있어서, 절대악의 흔적 없이 사용할 수 있으면 좋다고 했다.

꼬꼬의 지능으로 모든 말을 정확하게 알아들을 수는 없었지만, 하여튼 뭔가 느낌이 안 좋았다.

키에엑!

꼬꼬는 포효성을 터뜨리며 하늘을 날았다. 멋지게 나는 것처럼 보이긴 했으나 꼬꼬는 절박했다.

튀어라. 튀어야 산다.

저 마법 스킬. '손맛이 제 맛'이라는 스킬을 왠지 자신한테 시험해 볼 것 같았다. 다행히 그런 불상사는 벌어지지 않았다.

절대악의 상징. 꼬꼬가 하늘을 갈랐다. 푸르나의 수많은 NPC들을 향해, 제왕의 위엄을 흩뿌리면서 말이다.

날자. 날아야 산다.

한주혁은 마렌과 만났다. 우크라나 영지였다.

보아하니 우크라나의 영주는 두반 백작이 맞지만, 실질적으로는 마렌이 다스리고 있는 듯했다. 푸트론 자작이 보좌하는 형식이고.

마렌은 자신만만했다.

"꼴좋구나."

그래. 플레이어들은 퀘스트에 약하지. 우리 아버지께서 퀘스트를 주시니 꼬리를 흔들고 달려와서 넙죽 받는구나.

마렌은 그렇게 생각한 듯했다.

"퀘스트를 받았다라."

마렌이 씩씩대며 걸어와서 평소에 하던 대로 했다.

손을 들어 올려 한주혁의 뺨을 쳤다.

짝!

소리가 나기는 났는데.

"억!"

비명은 마렌이 질렀다. 손바닥이 퉁퉁 부어올랐다.

한주혁은 볼을 살살 긁었다.

"지금 뭐 했냐?"

마렌은 자신의 손바닥을 문지르면서 고압적으로 말했다.

"너는 내 수행원이다. 수행원이 말을 그따위로 하는 거냐?"

"수행원?"

한주혁이 고개를 갸웃했다. 처음 듣는 소리다.

"누가 수행원이래?"

한주혁이 검지와 엄지로 마렌의 뒷덜미를 잡고 들어 올렸다.

"수행원 아니고 훈장님이야."

"놔, 놔, 놔! 놔라! 놓으란 말이다! 이 미친 또라이 새끼야!"

이 친구는 매로 조금 다스려야 한다. 그냥 말해서는 말이 안 통하니까. 버릇을 좀 고쳐놓을 필요가 있었다.

"하늘 좋아한다고 했지?"

창문을 향해 냅다 집어 던졌다.

푸트론 자작은 침을 꿀꺽 삼켰다.

'두반 백작님을 만나고 나서도 저런 태도를 보인다고?'

합리적으로 생각해 봤다.

'두반 백작님께 허락을 받은 것이다.'

허락 없이 저렇게 행동할 수는 없다. 그랬다가는 두반 백작의 화를 감당할 수 없을 테니까.

'어떻게?'

두반 백작의 아들 사랑은 이미 널리 알려져 있다. 때문에 NPC들이 마렌을 어려워하지 않는가.

'어떻게 플레이어가 저런 권한까지 얻을 수 있었지?'

자신의 생각보다.

'적대악이 내 생각보다 훨씬, 훨씬 더 뛰어난 역량을 갖추었다는 뜻인가.'

적대악이 대단하다고 생각하기는 했는데 이 정도일 줄은 몰랐다. 까다로운 두반 백작에게 이런 권한까지 얻어냈을 정도면, 정말 대단한 사람이라는 뜻이 된다. NPC, 플레이어를 떠나서 말이다.

이후로 몇 번이나 비명이 들려왔다.

"으아아아악!"

결국 마렌은 눈물과 콧물을 함께 흘렸다. 두려움에 질려 악을 썼다.

"하늘 싫다! 싫단 말이다! 미친 새끼야!"

그는 계속해서 절규했다.

"내가 반드시! 반드시 네놈의 사지를 잘라 버리고 말 것이다!"

지금은 조금 힘들어도.

"아버지께 말씀드려 네놈을 델리트시켜 버리고 다시는 에르페스 제국에 발도 들이지 못하게 만들 것이다! 이 버러지 같은 새끼야!"

여전히 정신 못 차렸다. 하늘을 나는 것만으로는 부족한 것 같다. 훈육하는 데 시간이 조금 필요할 것 같다.

-스킬. 손맛이 제 맛을 사용합니다.

옆에서 지켜보던 푸트론 자작의 몸이 굳었다.

얼마 후, 푸트론 자작은 기적을 볼 수 있었다.

'말도…… 안 돼……!'

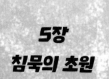

5장
침묵의 초원

베르디에게 배운 특제 마법.

-스킬. 손맛이 제 맛을 사용합니다.

'손맛이 제 맛'은 꽤나 품격 있는(?) 마법이었다. 때리기는 때리되 직접 때리지는 않는다. 베르디의 말을 빌리자면 직접 타격하는 건 마법사의 교양에서 벗어난다나 뭐라나.

한주혁의 등 뒤에서 마나로 이루어진 손바닥 두 개가 생겼다. 크기가 대략 1미터 정도 되는 굉장히 거대한 손바닥. 하나는 빨간색이고 하나는 파란색이었는데, 그 두 개의 손바닥이 굉장히 빠르게 움직였다.

찰싹! 찰싹! 찰싹! 찰싹!

빨간 손바닥이 마렌의 왼쪽 볼을 때렸다.

찰싹! 찰싹! 찰싹! 찰싹!

파란 손바닥이 마렌의 오른쪽 볼을 때렸다.

파괴력이 강한 스킬은 아니었으나, 이 스킬에는 특수한 능력이 포함되어 있었다.

마렌의 볼이 퉁퉁 부어오르기 시작했다.

'이, 이대로는 죽는다……!'

그는 극도의 공포감을 느끼기 시작했다.

약간의 정신계 능력까지 포함되어 있는 마법이다. 실제로 그렇게 되는 것은 아니지만, 온몸이 왼쪽과 오른쪽으로 날아다니는 것만 같았다.

"그, 그, 그만……!"

어지러웠다. 어지럽고 메스꺼웠다. 이리저리 마구 날아다닌 것 같은 기분이다. 저 빌어먹을 적대악이 '비행기'라면서 날려대던 것과는 차원이 다른 어지러움이 몰려왔다.

파란 손바닥과 빨간 손바닥의 콜라보.

찰싹! 찰싹! 찰싹! 찰싹!

찰싹! 찰싹! 찰싹! 찰싹!

"제, 제발……!"

그 콜라보로 인하여 마렌은 빌기 시작했다. 대마법사에 속하는 베르디의 특제 마법이 빛을 발하는 순간이었다.

푸트론 자작의 관점에서 기적이 일어났다.

"마, 말 잘 들을게요."

마렌이 으허어엉 울면서 말하자, 파란 손바닥과 빨간 손바닥이 멈췄다. 마렌을 미친 듯이 괴롭히던 어지럼증과 메스꺼움이 거짓말처럼 멈췄다. 방금 전까지만 해도 구토를 할 것 같았었는데 그게 사라졌다.

"잘못했냐?"

"잘못했어요."

"얼마나?"

주혁은 우느라 대답을 못 하는 마렌을 보고, 대답하기 쉽게 물었다.

"하늘만큼 땅만큼 잘못했냐?"

마렌이 대답했다.

"하늘만큼 땅만큼 잘못했습니다……! 다시는 안 그러겠습니다……!"

푸트론 자작은 마렌의 저런 모습을 처음 봤다.

'이럴 수가.'

저 망나니를 이렇게 쉽게 길들일 수 있다니. 어떻게 이런 게 가능한지 모르겠다. 미친 상황이다.

'아니. 애초에 우리 NPC들은 마렌 경을 저렇게 다스릴 수가 없지.'

누군가 회초리를 들었다면 저랬을 수도 있다. 하지만 상대는 두반 백작의 막내아들이다. 그 누가 저런 식으로 대할 수 있단 말인가.

'아무리 플레이어라고 해도……. 백작님의 허락이 있다고 해도 마렌을 저렇게 다룰 수 있다니.'

저런 배짱과 배포가 있다니. 눈으로 직접 보고 있음에도 믿기 어려울 정도였다. 마음이 굉장히 불편했으나, 또 한편으로는 통쾌하기도 했다. 일종의 대리 만족이랄까.

한주혁이 말했다.

"그래. 말 잘 들어라. 어디 가서 자꾸 허세 부리고 그러다가는 뺨 맞는 거야. 알겠니?"

"네, 네……! 알겠습니다. 허세 안 부리겠습니다."

"하늘 좋아하게 되는 수가 있어. 또 비행기 되고 싶지 않지?"

마렌의 눈에서 눈물이 터져 나오고 코에서는 콧물이 줄줄 새어 나왔다.

"하, 하늘 싫습니다. 비행기 싫습니다."

한주혁이 마렌을 일으켜줬다. 겉으로 봤을 때에는 조금 따뜻해 보였다.

"그래그래, 이제라도 정신 차렸으니 다행이다."

그 모습에 마렌이 또다시 서럽게 울음을 터뜨렸다. 으허어어어엉! 하고 크게 우는데, 적잖이 무서웠던 모양이다. 아주 사소한 친절(사실 이걸 친절이라고 할 수 있을지 모르겠지만)에 감동한 것 같았다. 적어도 지금 이 순간만큼은 말이다.

"그럼 이제 우크라로 가볼까?"

천세송과 한세아는 늘 가는 카페에 앉았다. 대저택 안에도 최고급 카페가 있기는 했지만, 그래도 가끔은 기분 전환 삼아, 둘 만의 데이트 겸해서 밖으로 나온다.

둘은 창가 쪽에 앉았다. 햇살이 따뜻했다.

"저 여자들 봐."

"대박이다. 연예인들 아니냐?"

"너네 아직도 모르냐? 저 두 사람 일주일에 한 번 정도 오는데, 그때마다 남자들로 여기 가득 차. 저 두 명 보려고 일주일 내내 여기 오는 남자들도 있다던데."

길거리를 지나다니는 수많은 남자들, 그리고 커피숍에 앉아 있는 많은 사람들이 천세송과 한세아를 힐끗거렸다.

"근데 그…… 앱솔루트 네크로맨서랑 7번 성좌 닮지 않았냐?"

"그리고 보면 좀 닮은 거 같기도 한데."

올림푸스 속에서의 모습과 현실에서의 모습은 약간 다르다. 알고 보면 못 알아볼 정도는 아니지만, 모르고 봤을 때 단번에 알아보기도 힘들다.

"근데 설마 그 두 사람이 이렇게 대낮에 이런데 돌아다니겠냐?"

"어디 최고급 호텔 같은 데 있겠지. 동네 커피숍에 오겠어?"

"그건 그래."

앱솔루트 네크로맨서나 7번 성좌쯤 되는 사람들이 이렇게 돌아다닐 리 없다고 생각했다.

"근데…… 진짜 예쁘다. 진짜 저렇게 예쁜 여자 처음 본다."

"유명해. 내 친구가 기획사 쪽에서 일하는데 저 두 사람한테 캐스팅 엄청 많이 했었대. 예전부터 엄청 예뻤다던데."

그 둘은 예전에도 예뻤지만, 지금은 더했다. 예전에는 단순히 예쁘기만 했다면 이제는 범접할 수 없는 아우라 같은 것이 느껴졌다.

그도 그럴 것이, 그녀들은 전 세계 상위 1퍼센트 안에 속하는 엘리트 중에서도 엘리트가 되었으니까. 특유의 여유가 모든 행동 속에서 묻어 나올 정도였다.

천세송과 한세아는 주변의 쑥덕거림에 그다지 신경 쓰지 않았다. 이제는 일상이 되어버렸기 때문.

그리고 천세송은 지금 그런 쑥덕거림 따위가 중요하지 않았다.

"언니. 걱정돼 죽겠어."

"왜? 우크라 가는 것 때문에?"

한세아는 피식 웃고 말았다. 아, 이렇게 예쁜 애도 여자애는 여자애구나, 라는 생각이 들었다.

"왜? 거기가 미의 도시 우크라나의 자매 격 도시라서 그래?"

"응. 거기 예쁜 NPC 엄청 많다던데."

그래서 옆에 따라붙어야 하는데. 하필이면 적대악 퀘스트라서 앱솔루트 네크로맨서인 천세송이 따라붙을 수가 없다.

"아니, 제우스도 너무하지 않아? 왜 하필이면 그런 도시로 보내?"

"음……. 미의 도시인 것이 중요한 게 아니라 대도 블랙이랑 관련되어 있는 게 중요한 것 같은데……."

"아이, 그래도 언니. 오빠는 안 그래도 잘생기고 귀여워서 인기가 많단 말이야."

한세아는 할 말을 잃었다.

'우리 오빠가…… 잘생기고…… 귀여워?'

오빠가 멋있는 건 인정하겠다. 미국 대통령도 오빠 앞에서는 기를 못 편다. 전 세계를 좌지우지하는 사람인 것도 안다.

'근데 잘생기고 귀여운 건 아니잖아……?'

그런데 세송이의 얼굴이 너무 진지해서 반박할 엄두도 안 난다. 진심으로 저렇게 믿고 있는 것 같다.

"……어 ……그래."

"별일 없겠지? 너무 잘생겼다고 막 NPC들이 막막 대시하고 그러면 어떡하지? 전에 채송화라는 여자 플레이어가 엄청 집적거렸다던데……."

"아무 일 없을 거야."

천세송이 아이스 초코를 힘차게 빨아 마셨다. 굉장히 신경질이 난 것 같은 모양새로, 아주 힘차게 빨대를 빨았다.

꿀떡, 꿀떡. 얼음 컵에 담겨 있던 아이스 초코가 순식간에 사라졌다.

"으으, 질투 나."

차가운 걸 너무 빨리 마셨더니 머리가 아팠다. 살짝 어지러
웠다.

"그래도 이왕 간 거. 대도 블랙에게 좀 더 가까이 다가갈 수
있으면 좋겠다."

"오빠인데 뭐. 어련히 알아서 잘하겠지."

언제나처럼. 둘은 수다 꽃을 피웠다.

한주혁은 마차에 올라탔다.

'꼬꼬로 가면 편할 텐데.'

꼬꼬는 절대악의 소유다. 적대악인 앤서가 타고 다닐 수는
없다. 여기서부터는 워프 포탈이 열려 있지 않아서 마차로 이
동해야 하는데, 마차로 꼬박 6시간이 걸리는 긴 길이란다.

'그냥 안고 달려?'

그게 가장 편하고 빠른 길이기는 한데.

'천천히 가면서 주변 지형도 익혀놓는 게 좋겠어.'

한주혁은 센티니아 대륙. 서쪽에 위치한 대도시 '애스틴 돔'
이라는 곳에서부터 '침묵의 초원'을 지나 우크라까지 이동해야
한다. 애스틴 돔은 물론이고 침묵의 초원 역시 플레이어에게
는 공개되지 않은, 미공개 필드다.

'센티니아 대륙이 넓기는 넓구나.'

한국과는 비교할 바가 못 되었다. 에르페스 제국은 센티니아뿐만 아니라 루니아 대륙까지도 다스리고 있다. 두 대륙을 합쳐봐야 아메리아 대륙같은, 대륙 중에서도 거대한 대륙에는 비할 바가 못 된다고 알려져 있기는 했으나 센티니아 대륙도 충분히 넓었다.

'우리가 아는 것보다 모르는 것이 훨씬 많을 정도니.'

이쪽 세계는 원래 NPC들의 세계. 지난 수천 년간 NPC들이 지배해 왔다. 설정이 그렇다. 플레이어들이 이 땅에 발을 들인 지 이제 겨우 200년 지났을 뿐이다.

한주혁이 말했다.

"운전 좀 똑바로 해라."

마렌이 찔끔 놀랐다. 또다시 빨간 손바닥과 파란 손바닥이 튀어나올까 봐 무서운 듯했다.

"네, 네! 똑바로 할게요. 저 말 잘 듣습니다."

말고삐를 쥐고 있는 사람은 다름 아닌 마렌. 마렌 옆의 푸트론 자작은 가는 내내 불편했다. 자신보다 상급자라 할 수 있는 마렌이 고삐를 직접 쥐고서 진땀을 뻘뻘 흘려가며 운전하고 있다. 푸트론 자작의 마음이 불편할 수밖에 없었다.

"푸트론 자작님. 자작님도 안에 들어와서 좀 쉬시죠."

"아, 아닙니다. 저는 여기가 편합니다."

"거기가 더 편할 리가 없을 텐데. 그렇지, 마렌?"

마렌의 대답이 즉각적으로 튀어나왔다.

"그렇죠. 푸트론 자작. 안에 들어가서 쉬도록 해. 내가 또 마차는 기가 막히게 잘 몰잖아."

오늘따라 저 얇은 팔과 문신이 굉장히 짠해 보였다. 푸트론 자작은 연거푸 거절했지만, 결국 마차 안으로 들어왔다.

'불편해 죽을 것 같다……!'

푸트론 자작은 알고 있었다. 적대악은 지금 마렌과 자신을 길들이고 있는 거다. 우크라 영지로 이동해서도, 서열 관계를 확실하게 하기 위해서.

-침묵의 초원에 입장하였습니다.

새로운 필드에 들어왔다. 침묵의 초원. 넓게 펼쳐진 초원에서는 아무 소리도 들리지 않았다. 청각이 사라진 세상.

한주혁은 기묘한 느낌에 몸을 한 번 부르르 떨었다.

'느낌이 되게 이상하네.'

소리가 아예 사라졌다. 아무리 귀를 기울여 봐도, 그 어떤 소리도 들리지 않았다.

소리가 들리지 않는 세상이라는 건 굉장히 묘했다. 분명 마차는 움직이고 있는데, 말이 달리고 있는 그 소리조차 없었다. 눈으로 보이는 세상과 진동만이 말이 달리고 있다는 사실을 알려주고 있을 뿐.

'응?'

그런데 갑자기 마차가 멈췄다. 급하게 멈춘 듯했다. 푸트론 자작은 앞으로 고꾸라져 넘어졌다.

한주혁이 마차 문을 열었다. 밖을 봤다.

'말 머리가 없어?'

말 머리가 잘려 나갔다. 이것은 특별한 것을 의미했다. 보통 이런 식으로 죽으면 검은 잿더미가 된다.

'검은 잿더미가 된 게 아니라.'

말 머리가 잘려 나간 것이 비교적 디테일하게 묘사되었다. 현실처럼 피가 마구 솟구친다거나 하지는 않았지만, 목의 핏줄과 근육 등은 선명히 보였다. 잘린 몸통은 허우적대다가 넘어졌다. 넘어진 이후로도 팔다리를 휘젓는 것이 보였다.

'이런 식으로 묘사된다라……'

뭔가 있기는 있는 모양이었다. 한주혁이 보아하니 마렌도 적잖이 당황한 것 같았다. 온몸이 바들바들 떨리고 있었다.

-뭘 본 거야?

이곳에서는 육성이 들리지 않는다. 그래서 귓말로 물었다.

-여기 적어봐.

한주혁이 메모지와 펜을 꺼내 들었다. 마렌이 바들바들 떨면서 그 펜을 쥐었다. 메모지에 뭔가를 쓰기 시작했다.

-검은색. 무언가를 봤습니다.

마렌은 한주혁을 한 번 쳐다보더니 다시 한번 글을 썼다.

-침묵의 초원에는 이러한 형태의 몬스터가 존재하지 않습니다!

그는 적대악의 평온한 태도에 조금 답답한 것 같았다.

-게다가 이곳은 전에 갈렌티아 경이 한 번 영구 토벌을 했던 곳입니다. 위험 몬스터는 전부 사라진 필드입니다!

두반 백작이 총애하는 갈렌티아. 제국에서도 이름 높은 기사가 토벌을 한 곳. 그런데 이곳에 말 머리를 잘라 버린 무언가가 존재한다?

그건 그럴 수 있다 치더라도.

'나도 아무것도 못 느꼈는데.'

물론 광역 탐지나 심안 같은 스킬은 없다지만, 그렇다고는 해도 아무런 낌새도 느끼지 못했다. 굉장히 은밀했고 빨랐다는 소리다.

그런데 그때.

한주혁이 무언가를 느꼈다.

땅이 부르르 떨렸다. 한주혁의 시야에 아주 잠깐 무언가가 잡혔다. 땅 밑에서 검은색 무언가가 잠깐 모습을 드러냈었다.

'사라졌어.'

뭔지는 몰라도.

'땅 밑.'

땅 밑에 뭐가 있다.

'아. 내 광역 탐지.'

광역 탐지가 있었다면 정말 쉽게 알아낼 수 있을 텐데. 역시 적대악은 너무 약하다. 대도 블랙과 연관된 게 아니었다면 키우지 않았을 거다.

한주혁은 최대한 기감을 살려봤다. 그의 시각이 일반인의 시각이 아니고, 그의 청각이 일반인의 청각이 아니듯. 그의 촉각도 일반인의 촉각이 아니다.

'거의 느껴지지 않아.'

침묵의 초원. 아무것도 들리지 않는 세계. 그 세계는 고요했다. 미세한 진동도 느껴지지 않았다.

약간의 시간이 흘렀다.

-어떻게 해야 할까요? 마차도 없이 걸어가려면 꼬박 10시간은 넘게 걸어야 할 것입니다.

마렌은 겁에 잔뜩 질린 것 같았다. 내색은 안 하고 있지만 푸트론 자작도 마찬가지였다.

마렌이 말했다.

-저에게 좋은 생각이 있습니다……!

-좋은 생각?

-여기서 아무것도 안 하고 그냥 가만히 있는 것입니다. 예정된 시간보다 늦어지게 되면 아버지께서 갈렌티아를 보내주실 겁니다.

갈렌티아가 아니더라도 정규 기사단을 파견해 줄 것이다. 마렌은 그렇게 믿었다.

'음.'

그건 그다지 좋은 방법이 아닌 것 같다.

'두반 백작의 신임을 많이 얻어놓은 상태인데……. 굳이 그럴 필요는 없겠지.'

안 그래도 지금 퀘스트 진행 중이다. 두반 백작을 끌어들일 필요는 없다. 안전하게 진행만 가능하다면 말이다.

-너, 내 시급이 얼만지 알고 하는 소리냐?

-……예?

-나도 내 시급을 몰라. 모르는데 억은 확실히 넘어. 아마 몇백억쯤 될걸?

-무, 무슨 뜻인지 잘 모르겠습니다.

올림푸스에 시급이라는 개념 자체가 없는 건 아니지만, 마렌은 시급에 대해 전혀 모르는 것 같았다.

-내가 너 데리고 여기서 가만히 있으면서 시간 죽이면? 그 시급 네가 채워줄 거야? 간단하게 1,000억 골드만 받을게.

-…….

마렌은 순간 할 말을 잃었다. 뭐 저런 미친 인간이 다 있나 싶다. 미친놈이라고 말하고 싶지만 그럴 수 없었다. 그러기에는 빨간 손바닥과 파란 손바닥이 너무 무서웠다.

-잠자코 따라와.

-하, 하지만 너무 위험합니다……!

지금은 파티 채팅 형식으로 대화를 나누는 중이다.

푸트론 자작이 한마디 거들었다.

-위험합니다. 지원을 기다리는 편이 좋을 것 같습니다.

이런 돌발 상황은 예상하지 못했다.

오늘을 위해 미리 대비한 것은 아니지만 분명 갈렌티아가 영구 토벌을 해놓은 상태. 웨스틴 돔을 지나 우크라나까지 가는 길은 분명히 안전한 길이었다. 최근 보고를 살펴봐도 이런 놈이 있다는 얘기는 없었다.

'두반 백작께서 호위 부대 없이 보냈다는 것은 그만큼 안전한 길이라는 것을 뜻하는 건데……. 어째서.'

이해할 수 없었다. 갈렌티아가 놓친 다른 몬스터가 있었다고는 볼 수 없었다. 이건 말 그대로, 전혀 예측하지 못했던 돌발 상황. 이런 상황에서 함부로 움직이는 것은 좋지 못했다.

한주혁은 몇 걸음 옮겨봤다.

'대충 보면.'

진동에 반응하는 놈들일지도 모른다. 땅 밑에 숨어 있다가 진동이 느껴지면 빠르게 솟구쳐 공격하는 형태의 몬스터.

'아닌가?'

몇 걸음 옮겨봤는데 아무런 변화도 없었다. 다만 마렌의 표정만 시시각각으로 변했다. 얼굴이 창백하게 질린 것이 지금 당장에라도 지옥에 끌려갈 것만 같은 모양새였다.

'진동이 아니면…….'

갑자기 놈들이 왜 튀어나왔을까. 땅 밑에서 이쪽을 보는 눈이 달린 것은 아닐 테고.

한주혁이 입을 열었다.

"튀어나와 봐라."

그 목소리가 한주혁에게는 들리지 않았다. 말을 하는데 말이 들리지 않는다. 생소한 경험이었다.

'이것도 아닌가.'

뭔가 있는 것은 틀림없는데.

'그럼 뭐지?'

그 순간. 땅속에서 무언가가 튀어나왔다. 눈 깜짝할 사이에 1미터 이상 튀어 오른 그것은 지렁이와 지네의 중간쯤 되는 벌레 형태의 몬스터였다.

한주혁이 씨익 웃었다.

'이거냐?'

전체적인 색은 검은색. 통통한 거머리 형상에 수많은 다리. 입이라 짐작되는 부위에는 굉장히 날카로운 이빨이 많이 달려 있었다.

'빠르긴 빠르네.'

물론 빠르다는 건 어디까지나 상대적인 개념이다.

한주혁의 눈으로 보기에는 그렇게 빠르지 않았다. 이것보다 빠른 것들도 많이 상대해 봤다. 그의 눈으로 보면 움직임 하나 하나가 슬로우 모션으로 보일 정도다. 그만큼 한주혁의 움직임은 더욱 빨랐다.

한주혁의 오른손이 검은색 벌레 형태의 몬스터를 낚아챘

다. 레벨은 알 수 없지만 이름은 알 수 있었다.

'커팅 웜?'

커팅 웜이라고 이름 붙은 몬스터였다. 레벨 표기가 되지 않는 것으로 보아 레벨이 꽤 높은 몬스터인 것 같다.

'느낌이 영 안 좋네.'

자신의 손바닥 안에서 꿈틀거리고 있는, 약 20㎝ 정도 되는 길이의 벌레를 보고 있자니 기분이 영 좋지 못했다. 그렇다고 놔줄 수는 없다.

'파이어……'

스킬을 사용하려고 했는데.

'응……?'

팍!

소리는 들리지 않았지만 무언가 터지는 듯한 느낌이, 손바닥을 통해 느껴졌다.

"아…… 이씨……."

한주혁의 로브에 초록색 피가 묻었다. 자신의 아귀힘을 버티지 못해 터진 것인지, 아니면 사람의 손에 잡히면 폭발하는 성질을 가진 건지는 모르겠다. 모르겠는데 굉장히 찝찝했다.

'피가 뭐 이리 많이 나와?'

역시 죽을 때에는 그냥 검은 잿더미가 되는 게 가장 좋다. 그게 제일 깔끔한 방법이다. 이렇게 지저분한 방법은 싫다.

그런데 재미있는 알림이 들려왔다.

-악 속성 공격을 확인합니다.

-루덴의 천 갑옷이 반응합니다.

현재 한주혁은 투명화 상태인 루덴의 천 갑옷을 걸치고 있었다. 그 위에 시중에서 쉽게 구할 수 있는 마법사용 로브를 입고 있는 상태. 위에 겹쳐 입었든, 어쨌든 착용하고 있으면 아이템의 효과는 발현된다.

'이거. 악 속성 몬스터였어?'

이를테면 지옥이나 마계 같은 데에서 소환된, 그런 형태의 몬스터인가.

-플레이어에게 그 어떠한 영향도 끼치지 못합니다.

데미지를 전혀 입지 않았다. 사실 그냥 몸으로 얻어맞아도 그다지 타격이 없을 것 같기는 했다. 어쨌든 루덴의 천 갑옷은 세계 12대 초인의 이름값에 맞게, 커팅 웜의 피를 완벽하게 방어해 냈다.

그러나 마렌이나 푸트론은 달랐다. 마렌은 저도 모르게 비명을 질렀다.

"으아아아악!"

물론 그 소리가 외부로 들리지는 않았다. 하지만 한주혁은 마렌이 비명을 질렀다는 사실을 이미 알았다.

한주혁이 빠르게 마렌 앞에 섰다. 모르면 몰랐으되, 알면 그다지 어렵지 않다.

'파이어 볼.'

왼손으로는 파이어 볼. 오른손으로는 '손맛이 제 맛'을 사용했다. 녹색 피가 여기저기 튀었다.

소리의 크기에 따라 놈들이 많이 튀어 오르는 것 같았다. 순식간에 7마리가 넘는 커팅 웜이 모습을 드러냈다. 놈들의 이빨 공격 자체가 무섭다기보다는, 놈들의 자폭 피 공격이 까다로웠다.

여러 방향으로 비산하는 통에 마렌과 푸트론을 지키기가 상당히 성가셨다.

'마렌을 바른길로 인도하긴 해야 하는데.'

한주혁의 입장에서는 이미 바른길로 인도했다. 법은 멀지만, 주먹은 가까웠다. 일시적 훈계로는 역시 주먹이 갑이다. 그건 그렇긴 한데 퀘스트도 중요했다. 그런데 왜, 여기서 갑자기 이런 몬스터들이 나타났을까.

분명 얼마 전 갈렌티아가 영구 토벌을 진행했고, 이곳의 몬스터는 씨가 말랐다고 했었다.

'나는 지금 메인 시나리오라 할 수 있는 적대악 퀘스트를 클리어하고 있고.'

그런데 하필이면 이곳에서 모습을 드러낸 몬스터들이 악 속성이다.

'절대악이 아닌 지금. 내가 놈들이 악 속성인지 알 수 있었던 건 루덴의 천 갑옷 덕분이었지.'

루덴의 천 갑옷은 세계 12대 초인의 아이템이다.

세계 12대 초인의 아이템은 곧 절대악을 상대하기 위한 아이템이기도 하다. 적대악과 같은 편이라 할 수 있는 성좌들이 얻기로 예정되어 있던 아이템들.

'그 아이템으로 놈들이 악 속성인 것을 알아냈고. 하필이면 여기 나타난 몬스터들이 악 속성이고.'

뿐만 아니라 지금 향하고 있는 최종 목적지인 '우크라'가 절대악과 한 편이 될지도 모를, '대도 블랙'과 관련이 있다고 추정되는 곳이지 않은가.

'많긴 많네.'

놈들이 터지는 것도 하나의 신호인 듯했다. 귀로는 들리지 않지만 분명 폭발음이 있을 거다.

'점점…… 숫자가.'

한주혁 혼자라면 아무런 영향도 없다. 그냥 대충 걸어가면 그만이다. 파천보법을 펼치면서 달려가면 마차로 달리는 것보다 훨씬 더 빠르게 우크라나까지 이동할 수 있다.

'많아진다.'

폭발음이 하나의 기폭제가 되기라도 한 듯, 한 마리씩 튀어오르던 것이 이제는 수십 마리가 한꺼번에 튀어 오르고 있다.

마치 바닷속에서 날치 떼가 튀어 오르는 것만 같았다.

-어, 어, 어, 어, 어떻게 합니까?

마렌은 울고 싶었다.

-제, 제, 제가 이래서 가만히 있자고 했잖아요!

이대로라면 죽을 것 같다. 적대악이 어찌어찌 지켜주고는 있는데 그것도 한계에 이른 것 같다. 놈들이 튀어 오르는 속도가 훨씬 더 빨라지고 있고, 적대악의 파이어 볼이 놓치는 놈들도 발생했다.

'으, 으어어억!'

자꾸만 녹색 피가 여기저기 튀는데, 그 피가 굉장히 살벌했다.

치이이익-!

하얀색 연기가 피어오르고 바닥이 녹았다. 악 속성이면서 무언가를 녹이는 산성 형태의 독극물인 듯했다.

푸트론 자작도 겁먹었다.

'이, 이걸 어떻게 하지……?'

적대악은 그렇게 위험해 보이지 않는다. 위험한 건 자신과 마렌 경이었다. 이러면 안 된다.

-이, 이러다 다 죽겠어요! 어떻게든 좀 해봐요!

마렌은 눈물이 굉장히 많은 듯했다. 눈에 또 눈물이 가득 차올랐다. 죽음의 공포를 눈앞에서 목격하고 있는 것 같았다.

한주혁이 인상을 살짝 찡그렸다.

-닥쳐.

지금 한주혁은 기분이 별로 안 좋다. 안 좋다기보다는 조금 귀찮다.

'이 정도 잡았으면 레벨업 할 만하잖아?'

레벨업도 없다. 추정 레벨로는 100대 후반 정도 될 거 같은데. 레벨 50에 불과한 자신이 이렇게 때려잡는데도 레벨업이 안 된다. 이거 뭔가 잘못됐다. 아니면 뭔가 숨겨져 있거나.

'레벨업도 없어.'

심지어는.

'아이템도 안 떨궈.'

도대체 뭐 하는 쓰레기 잡몹들인지 모르겠다. 한 방에 쓸어버리면 좋겠는데 그것도 힘들다.

'광역 마법……!'

광역 마법이 있기는 있다. 베르디의 마법. 저번에 익혔던 두 가지 마법 중 하나인 '블랙필드'가 바로 광역 마법이다. 제대로만 쓰면 땅속에 숨어 있는, 아마도 굉장히 많을 것이라 추정되는 커팅 웜을 순식간에 녹여 버릴 수 있을 거다.

'아니, 아무리 생각해도 적대악은 별로야.'

적어도 정체를 드러낼 수 있는 그 순간까지는 별로다. 광역 마법도 못 쓰고. 심안도 없고. 광역 탐지도 없고.

심지어 위압 스킬도 없다.

'악 속성이면 그냥 위압 한 방이면 끝인데.'

한주혁이 빠르게 움직여 마렌의 코앞에서 튀어 오르는 커팅 웜 하나를 손으로 잡아냈다.

"흐이이이익!"

마렌은 바닥에 쓰러졌다. 무서웠다. 방법이 없어 보였다. 지원대가 오기 전에, 죽어버릴 것 같았다.

저도 모르게 분해서 소리쳤다.

"그러니까 가만히 있……!"

그런데 그때 놀라운 일이 벌어졌다.

6장
마법사가 웜 킹을
상대하는 방법

한주혁이 스킬 하나를 사용했다.

-스킬. '달빛의 연인'을 사용하시겠습니까?

달빛의 연인: 모든 M/P를 소모하여 두 가지 효과를 발생시킴.
신급 이하의 모든 상황에서 적용.
쿨 타임: 24시간
-전투 중: 10분간 전투 중지.
-비전투 중: 모든 마법/스킬 효과 해제.

10분간 모든 전투를 중지시키는 스킬.
마렌을 향해 입을 벌리고 달려들던 커팅 윔이 순간 땅으로 떨어져 내렸다. 공격을 멈췄다.

마렌이 뒷걸음질 쳤다.

"흐, 흐, 흐어억……!"

그사이 커팅 웜도 땅속으로 사라졌다.

"뭐, 뭐, 뭘 한 겁니까?"

"화해하자고 얘기해 줬어."

길게 설명할 여유는 없다. 스킬의 유효 시간은 10분이고, 계속해서 줄어들고 있었다.

'로브를 입고 있는 게 참 좋네.'

달빛의 연인은 '루폰테의 목걸이'에 담겨진 아이템 스킬이다. 사실상 목걸이 아이템이 거의 비슷하게 생겨서 구별할 수 있는 사람이 거의 없다 치더라도, 그래도 이렇게 안전한 게 나았다. 루폰테의 목걸이를 로브가 완전히 가려주니까.

마렌은 자리에서 일어섰다.

"화, 화해하자고 얘기했다고요……?"

다리가 후들후들 떨렸다. 방금은 정말 죽는 줄 알았다.

"그런데 말투가 영 좀 그렇더라."

마치 왜 얘들을 건드렸냐고 따지는 것 같은 모양새 아니었던가.

지금은 시간이 없으니까.

"나중에 좀 보듬어줘야겠어."

마렌의 얼굴이 새하얗게 질렸다. 그리고 이내 비명을 질렀다.

"으아아아아아아악!"

한주혁이 양쪽 옆구리에 푸트론 자작과 마렌을 끼고서 달리기 시작했다.

지금은 적대악 앤서다.

'파천보법이 없으니까 별로네.'

파천보법을 펼쳤다면 적어도 지금보다 훨씬 빠르고 훨씬 효율적으로 달릴 수 있었을 거다. 역시 부캐가 아무리 좋아도 본캐를 따라올 수는 없는 모양이다.

'아니, 마법사가 그 흔한 워프도 못 하고 말이야.'

졸릴 정도다. 정확한 주법이나 보법 없이 그냥 체력만 믿고 달리고 있는 거니까.

'느려, 느려.'

뭐랄까. 몸에는 힘이 남아도는데, 이 힘을 제대로 사용하지 못하는 느낌이랄까. 특히나 파천보법을 펼치면서 달리는 것이 일상화되어 있던 한주혁인지라 너무 답답했다.

그러나 그건 어디까지나 한주혁의 기준이었다. 마렌은 계속해서 비명을 질렀다.

"으아아아아아아아악!"

한주혁이 왼쪽을 힐끗 봤다.

'어라?'

마렌은 비명을 질러대고 있고, 푸트론 자작은 기절했다.

'내가 실수로 때렸나?'

때린 기억은 없다.

"너, 너, 너무 빠릅니다! 으어어어어!"

마렌은 고막이 터질 것만 같았다. 이렇게 빠른 속도는 생전 경험해 본 적이 없다. 인간이 어떻게 이렇게 빨리 달릴 수 있단 말인가.

'마법사라며!'

특별한 마법도 펼치고 있지 않다. 그렇다고 기사들처럼 특수한 보법 같은 것을 펼치면서 달리는 것 같지도 않다. 말 그대로 그냥 달리고 있다. 마구잡이로. 성인 남자 두 명을 옆구리에 끼고서.

푸트론 자작은 진작 기절했고 마렌도 거의 실성했다.

"으허어어······!"

정신을 차릴 수가 없었다. 너무 빨랐다. 만약에라도, 실수로라도 적대악이 이 손을 놓는다면? 달리는 말 위에서 떨어져도 어디 한두 군데는 부러질 각오를 해야 한다. 그런데 이 정도의, 경험해 본 적도 없는 빠르기에서 떨어진다면?

'주, 죽는다······!'

그러면 정말 죽을 수도 있다. 세상이 뒤로 휙휙 바뀌어가는 이 생소한 경험은 가히 충격적이었다. 마렌에게는 10분이 10일 같았다.

10분이 지났을 때, 한주혁이 마렌을 땅바닥에 내려놓았다.

"우웨에에에에엑······!"

-스킬. 손맛이 제 맛을 사용합니다.

베르디가 말하길 역시 구타에는 손맛이 제 맛이라 했다.

주혁은 푸트론 자작의 뺨을 때렸다.

푸트론 자작은 전기 맞은 오징어처럼 몸을 꿈틀거리다가 이내 눈을 떴다. 그러고는 벌떡 몸을 일으키면서 외쳤다.

"유레카!"

정확히 유레카라고 외치지는 않았다. 그저 그와 비슷하게 외쳤을 뿐. 사실 푸트론은 자신이 뭐라고 말했는지조차 기억하지 못했다.

"뭐가…… 어떻게 된 겁니까?"

"일단 커팅 웜 서식지는 벗어난 것 같은데."

10분 동안 열심히 달리기는 했으나, 말로도 몇 시간이 걸리는 거리를 단숨에 주파하지는 못했다. 파천보법을 펼쳤다면 가능했을지도 모르겠지만.

한주혁이 주위를 둘러봤다.

'그러고 보니.'

어째서 대화가 가능하지? 커팅 웜을 벗어나기는 했지만, 이곳은 분명히 '침묵의 초원'인데.

그렇게 약 3초가 더 지났을 때. 한주혁 일행은 더 이상 대화를 나눌 수 없게 됐다. 침묵의 초원 특수 효과가 한주혁 일행을 덮었기 때문이다.

푸트론 자작은 두 눈을 꿈뻑거렸다. 이해할 수 없지만, 이해하기로 했다.

'지금…… 그러니까…….'

기절해서 잘 몰랐지만, 마법사인 적대악이 순수 육체 능력으로 엄청나게 빠르게 달렸고, 그 속도가 너무 빨라 침묵의 초원 효과를 잠시 벗어났던 것 같다. 침묵의 초원 효과가 달리는 적대악을 따라잡지 못했다고 보면 될 것 같다.

'마렌 경…….'

차라리 자신처럼 기절하는 게 나았던 것 같다. 구토를 하고 있는 모습이 안쓰럽기까지 했다.

'이런 마법사는 본 적이 없다.'

푸트론 자작도 귀족이다. 마법사들을 많이 봤었다. 실력 있다는 마법사도 고용해 본 적이 있다. 그런데 이런 마법사는 못 봤다.

가끔 특이한 마법사들이 마법으로 자신의 육체를 강화시키는 걸 보기는 봤는데 그들도 이 정도는 안 됐다.

'아니, 이 반의반도 안 됐어.'

뭔 놈의 마법사가 이렇단 말인가. 10분 동안 전력으로 달렸다고 했는데, 숨 하나 헐떡이지 않고 있다.

'나도 마법사인데.'

일단 그도 마법을 익혔다. 마법사이면, 이런 육체를 가질 수 없다는 것도 잘 안다. 이건 명백한 사기다. 혹은 플레이어들이 말하는 '버그'에 가까웠다. 그는 그렇게 판단할 수밖에 없었다. 지나치게 상식을 벗어났으니까.

'플레이어들은 다 이런가?'

아니, 그렇지 않다. 플레이어들이 전부 이랬으면, 200년 전 플레이어들이 등장한 이래로 이렇게 기를 못 피고 살지는 않았을 거다.

그나마 귀족들과 플레이어들이 접점을 가지게 된 것이, 절대악의 등장 이후다. 지난 200년의 시간 중 겨우 1년도 되지 않았다는 소리다.

'미쳤군, 미쳤어.'

앞으로 이런 플레이어들이 더 많이 나온다면?

'제국이 플레이어들을 이제는…… 경계해야 하는 것 아닌가?'

그런 생각까지 들었다. 적대악이나 절대악같은 돌연변이가 플레이어들 사이에서 또 나오지 않으리란 법이 없으니까.

한주혁의 목소리가 들려왔다.

-다시 한번 달려볼까?

아직 커팅 웜의 공격이 시작되지 않았다. 그런데 곧 시작될 것 같다. 광역 탐지도, 심안도 없지만, 그냥 감이다. 올림푸스를 오래 플레이하다 보면 대충 감이 온다. 곧 공격해 오겠구나.

마렌은 고개를 젓고 싶었다. 이건 아니야. 이건 아니야. 이건 아니야.

'으, 으흑?'

그러나 그에게는 선택권이 없었다. 커팅 웜에게 잡아먹혀 죽는 것보다는, 차라리 옆구리에 대롱대롱 매달려 죽음의 공포를 경험하는 게 나았다. 죽지는 않으니까.

그렇게 한참을 달렸다. 한 번 기절했었던 푸트론 자작은 상황을 비교적 정확하게 이해할 수 있었다.

'침묵의 초원 특수 효과가 적대악에게 적용되지 못하는 것과 마찬가지로.'

그 속도가 적대악을 따르지 못한다.

'커팅 웜도 적대악을 따라오지 못해.'

그만큼 적대악의 속도가 빨랐다.

'이 속도면…… 금방 우크라에 도착할 것 같은데.'

침묵의 초원이 아무리 넓어도 이 정도 속도로 주파하면 금방 넘어갈 것 같았다.

그는 머릿속으로 우크라에 도착하면 해야 할 일들을 그려봤다. 여전히 비명을 질러대고 있는 마렌보다는 훨씬 나은 상태.

'일단 두반 백작님께 지원을 요청해야 돼.'

침묵의 초원에 듣도 보도 못한 몬스터가 나타났는데, 그 몬스터가 상당히 위협적이다. 길을 뚫어야 했다. 갈렌티아가 나서준다면 더할 나위 없겠지만, 굳이 그가 아니어도 침묵의 초원을 정리할 수 있을 거다.

'그래. 일단은 그게 우선이다. 마법 통신이 연결되어 있겠지.'

그렇게 생각을 정리하고 있을 무렵. 알림이 들려왔다.

-더 이상 진행할 수 없습니다.
-이곳은 '웜 킹'의 영역입니다.
-'웜 킹'의 허락 없이 영역을 지나칠 수 없습니다.

무언가 투명한 벽에 가로막혔다. 한주혁이 멈춰 섰다.
"웜 킹?"
씨익 웃었다.
"이거 설마……."
이것은 그 좋다는.
"보스 몹?"
한주혁에게 뛰어난 영양(좋은 아이템과 몬스터 스톤, 그리고 양질
의 경험치)을 제공해 주는 보스 몹인 것 같다.
'이름부터가 킹이네.'
모름지기 '킹'이라는 글자 들어가는 놈치고 허접한 놈은 없
지 않은가.
그 순간, 침묵의 초원 효과가 또다시 적용됐다.
한주혁은 마렌과 푸트론에게 귓말로 말했다.
-둘 다. 움직이지 말고 가만히 있어. 아무런 소리도 내지 말고.
소리를 내면, 또다시 커팅 웜들이 몰려들 확률이 높다. 한주
혁 혼자 헤치고 지나가는 것은 어렵지 않으나 이 둘까지 챙기

려면 상당히 귀찮다.

한주혁이 다시 한번 씨익 웃었다.

-이제 안 지켜줄 거야.

그 말에 푸트론 자작과 마렌의 몸이 바짝 얼어버렸다. 소리를 내면 죽는다. 커팅 윔이 또다시 솟아오를 테니까.

그 와중에 마렌은 느낄 수 있었다.

'저 새끼. 싸이코다.'

보통 보스 몹을 만나게 되면 긴장하는 게 먼저 아닌가. 보통은 그게 정상이다. 특히나 이렇게 특별한 능력을 가지고 있는 보스 몹을 만나게 된 경우라면 더더욱 그렇다. 심지어 '킹'이라는 이름을 가진 보스 몹은 특히나 위험하다.

'뛰어난 기사들도 무리를 지어 사냥하는 게 보통인데……'

적대악은 오히려 즐거워하고 있는 것처럼 보였다. 설마 '진짜로 좋아하고 있겠냐'라고 생각은 한다만.

'진짜 좋아하는 것 같은데.'

그래서 무서웠다. 마렌의 눈으로 보기에는 진성 또라이 같았다.

그사이 한주혁은 렉서와 요르한에게 귓말을 보냈다. 그에게는 권능의 귓말이라는 아주 요긴한 권능이 있었으니까.

-렉서. 요르한. 침묵의 초원에 대해서 알아보도록.

침묵의 초원의 몬스터들은 씨가 말랐었다. 몬스터가 없는 게 정상이다. 상위 NPC가 그 권능을 활용해 몬스터들을 토벌

했으니까.

－이곳에 왜 새로운 몬스터들이 나타났는지. 그런데 그 몬스터들이 어째서 악 속성의 몬스터들인지, 대도 블랙과는 연관이 없는지. 알아낼 수 있는 모든 것을 알아내.

그러고서 자신 앞을 가로막고 있는 반투명한 막을 손으로 만져봤다.

'막 자체에 뭔가가 있는 것 같지는 않고.'

설정 자체도 공격 불가 설정이다. 케르핀의 낙서장을 활용하여 부수면 부술 수야 있겠지만, 굳이 그럴 필요까지는 없을 것 같다.

'커팅 웜들의 속성을 떠올려 보면…… 땅에 숨어 있다가 모습을 드러내는 형태의 보스 몹인가?'

그런 형식에 가까울 확률이 높았다.

그사이 커팅 웜들이 모습을 드러냈다. 가만히 있는 마렌과 푸트론은 공격하지 않고, 움직이면서 발소리를 내고 있는 한주혁을 향해 뛰어올랐다.

퍽!

소리는 나지 않지만, 한주혁의 팔목을 타고서 진동이 느껴졌다. 그와 동시에 커팅 웜이 터졌다. 마법이 아니었다. 다만 한주혁의 주먹에 얻어맞았을 뿐이다.

마렌은 공포에 떨면서 상황을 지켜봤다.

'무슨 마법사의 주먹이……'

마법사가 주먹으로 몬스터의 몸을 한 번에 하나씩 터뜨린단 말인가. 심지어 전력을 다하고 있는 것 같지도 않다. 대충 무심하게 획획 휘두르는데, 그 주먹에 몬스터들이 마구잡이로 터져 나갔다.

'굳이 마법으로 날 때린 이유가 저거였나……?'

잘못 때리면 죽을까 봐? 이쯤 되니 몬스터들보다 적대악이 더 무서워질 지경이었다.

그런데 그때. 적대악이 씨익 웃는 게 보였다.

마렌은 저 표정을 알았다. 저 소름 끼치도록 두려운 표정이 이번만큼은 반가웠다. 저 미소의 대상이, 자신이 아닌 '웜 킹'이라는 사실을 잘 알고 있었으니까. 그가 뭔가를 알아낸 것 같았다.

마렌이 침을 꼴깍 삼켰다.

'……뭐지?'

한주혁은 반투명한 막을 손으로 매만졌다.

'부술 수는 없어.'

부서지지 않는 속성의 막이다.

'근데 이렇게 만질 수 있다는 건.'

만질 수 있다는 것은 칠 수도 있다는 소리다. 그 말은 곧 때릴 수도 있다는 얘기.

한주혁이 주먹을 들어 올렸다. 그간 수많은 몬스터들을 때려잡았던 반투명 막을 힘껏 쳤다.

쿠구구구궁-!

소리는 들리지 않았지만, 소리 대신 진동이 느껴졌다.

마렌이 느끼기에는 거의 지진이 난 것 같았다. 거대한 막이 부르르 떨리고 있는 것이 지금 당장에라도 무너져 내릴 것 같았다.

한주혁이 연거푸 주먹을 뻗었다.

쿠구구구궁-!

쿠구구구궁-!

그사이 수많은 커팅 웜들이 한주혁에게 달려들었다.

그러나 커팅 웜들의 날카로운 이빨은 한주혁에게 그 어떤 영향도 끼치지 못했다. 한주혁에게는 그저 산들바람이 좀 세게 부는 것 같은 그런 느낌일 뿐이었다.

원래 만렙 플레이어는 초보존에 들어가서 토끼 무리에 둘러싸여도 그다지 위험을 느끼지 않는다. 데미지가 안 들어오니까. 지금도 마찬가지였다.

마법사인 푸트론 자작은 그저 멍하니 상황을 지켜만 봤다.

'……'

데미지가 들어가지 않고 있다. 고렙 플레이어가 초보존에 들어온 것 같은 그런 느낌이다.

'커팅 웜은 처음 보는 몬스터인데……'

그 능력치가 얼마나 되는지, 정확하게는 모르겠다만 약한 몬스터는 아니다. 적어도 토끼급은 아니다. 이미 여러 번 놀랐고, 여러 번 감탄했고, 여러 번 말도 안 된다고 생각했지만, 그 이상으로 상식을 벗어났다고 생각했다.

'……'

그는 다짐했다.

'더 이상은 놀라지 않겠다.'

하늘이 두 쪽이 나고, 땅이 변하여 바다가 되어도 놀라지 않기로 했다. 계속 놀라다가는 심장이 남아나지 않을 것 같았다.

'그래. 나는 놀라지 않는다……!'

그렇게 다짐했는데.

-보스 몹 '웜 킹'이 분노하였습니다.
-분노한 '웜 킹'이 모습을 드러냅니다.

'으허어어억……!'

웜 킹이 모습을 드러내자마자 푸트론 자작은 또 놀라고 말았다. 놀랍다기보다는 공포스러웠다.

'저 말도 안 되는 크기는 도대체……'

몸통의 일부는 땅에 박혀 있고, 또 일부는 땅 위로 솟구쳐 있었는데 그 크기가 적게 잡아도 15미터는 넘어 보였다.

'심지어 몸의 일부야.'

푸트론 자작도 정확하게 느끼지는 못했지만, 전체 몸길이는 최소 30미터는 넘을 것 같았다. 어쩌면 그것보다 훨씬 길 수도 있다.

'저런 몬스터는 들어본 적이 없다……!'

새로운 몬스터의 등장이다. 새로운 몬스터가 나타나는 것 자체는 그렇게 놀라운 일은 아니다. 올림푸스에는 늘 새로운 몬스터가 나타나게 마련이니까. 그렇지만 눈앞의 몬스터. 웜 킹은 좀 달랐다.

'저 정도 덩치에 저런 스피드라니.'

보통 크기가 크면 느리게 마련이다. 발록처럼 강력한 몬스터는 마법으로 그 느림을 커버한다.

그런데 이 웜 킹이라는 몬스터는 마법 몬스터도 아닌 것 같았다. 거대 벌레형, 그리고 물리 공격형. 분류를 나눠보자면 이 정도다.

한주혁은 씨익 웃었다.

'좀 빠르네?'

땅속으로 들어가는 속도가 굉장히 빨랐다. 한주혁이 한 손에 잡아내지 못했을 정도다.

'땅속에 들어갔다가.'

갑자기 솟구치면서 공격하는 형태의 몬스터.

한주혁이 정확하게 반발자국 뒤로 물러섰다.

"네가 웜 킹이냐?"

그와 동시에 허리를 살짝 뒤로 빼면서 손을 뻗었다.

푸트론 자작은 볼 수 있었다.

'어, 어둡다……!'

땅 위로 솟구친 웜 킹의 거대한 몸체가 태양을 가렸다. 그 순간 그의 눈에 보인 것.

'웜 킹의 배에 구멍이……?'

적대악이 무슨 짓을 한 건지 모르겠다. 웜 킹의 상승 속도도 너무 빨랐고, 적대악이 움직이는 속도도 너무 빨랐다. 눈을 한 번 감았다가 뜨니까 이러한 상황이 벌어져 있었다.

웜 킹의 배에 구멍을 내버린 한주혁이 손을 털었다.

"이제는 웜 퀸이냐?"

누에가 실타래를 뽑아내듯, 웜 킹의 몸체가 땅속에서 계속 기어 나왔다. 다리가 수천 개 이상은 되어 보였다. 그 다리 끝마다 일반 커팅 웜들의 입보다 두 배 이상은 큰 입들이 달려 있었다.

마렌은 망연자실했다.

'저게 몇 미터냐……?'

몇 미터인지는 모르겠는데.

'100미터는 되어 보인다.'

땅속으로부터 길게 빠져나온 웜 킹의 길이는 대략 100미터쯤 되는 것 같았다.

'웜 퀸은 뭔 개소리야?'

라고 생각했던 마렌은 순간 자신의 사타구니 아래를 쳐다봤다. 몸이 바르르 떨려왔다.

'아……!'

그는 깨달음을 얻었다. 웜 킹이 왜 아무것도 못 하고 하늘 위로 솟구쳤다가 지금 쓰러져 바들바들 떨고 있는 건지.

마렌의 몸이 바르르 떨렸다.

'아……'

그렇다. 웜 킹이라 이름 붙인 저 괴생명체는 저 무자비한 적 대악의 손에 의해, 영 좋지 못한 곳이 터진 것 같았다.

손을 털어낸 한주혁이 말했다.

"고의는 아니었어."

정말이다. 고의는 아니었다. 그냥 놈이 높이 솟구치는데, 뭔가 덜렁거리는 것이 있어 그쪽으로 주먹을 뻗었을 뿐.

"근데 약점을 알아버렸네."

총 길이 100미터가 넘는 웜 킹은 바닥에 쓰러져 바들바들 떨기만 했다. H/P가 절반가량이 날아갔다. 충격이 상당한 듯했다.

"원래 킹 들어가는 애들은 좀 좋은 거 주잖아."

이제는 행운 수치도 평균을 뛰어넘는다. 이제 놈을 사냥할 때다. 움직이지 못하는 몬스터. 수컷이 느낄 수 있는 최대한도의 고통을 느끼고 있는 이놈을 편안하게 보내주기로 했다.

"잘 가라. 퀸."

유럽 전체를 대표한다고 할 수 있는 대연합. 마법 연합의 연합장 샤먼은 직접 비행기를 타고 날아와 강재명에게 부탁했다.

"부디 탐방 기회를 주세요."

새로이 탄생한 대륙인 아서 대륙. 그리고 그 아서 대륙과 직통으로 연결되는 아서 광산.

샤먼은 광산과 대륙을 잇는 워프 포탈의 구동 원리와 구조에 대해서 공부하고 싶었다. 워프 포탈을 잇는 것에 대해, 플레이어들 중에서는 최고의 기술력을 가진 마법 연합. 이건 그들에게 엄청난 배움의 기회였다. 그들은 그렇게 판단했다.

강재명이 고개를 끄덕였다.

"안 그래도 절대악께서 미리 언질을 주신 것이 있습니다."

더 정확히 말하자면 시르티안의 조언이 있었다. 그 조언을, 한주혁이 받아들였고.

"저, 정말인가요?"

샤먼이 기다란 금발을 귀 뒤로 쓸어 넘기며 눈을 동그랗게 떴다. 강재명이 다시 한번 고개를 끄덕이며 답했다.

"그렇습니다."

눈을 동그랗게 뜨고 있는 샤먼을 보면서, 강재명은 생각했다.

'유럽의 실질적 군주라고까지 불리는 사람이……'

그런 사람이 이곳까지 직접 날아와 사정을 하는 모습이 신기했고, 또한 이런 상황이 그다지 낯설지 않다는 것이 더욱 신기했다.

'공식 석상에서와는 완전히 다르구나.'

강재명은 알고 있다. 상대가 절대악의 비서실장이기 때문에, 그렇기 때문에 이런 모습이 나온다. 원래 상대하는 사람에 따라, 사람의 태도가 조금씩 달라지게 마련 아닌가.

"절대악께서는 마법 연합에서 분명 관심이 있을 거라 예상하셨습니다."

"맞아요. 절대악께서는 역시 예측하셨군요."

샤먼이 고개를 끄덕였다. 역시 절대악은 절대악이었다. 그는, 늘 한 수 이상을 내다보고 있다.

"허락한다고 하셨습니다."

샤먼의 심장이 쿵쾅거렸다. 이건 기회다. 마법 연합이 한 단계 더 도약할 수 있는 좋은 기회.

"구체적으로 보수는 어떻게 해야 할까요?"

"물질적인 보수는 필요 없다고 하셨습니다."

"……네?"

마음의 준비를 하고 왔던 샤먼이다. 그런데 필요가 없다니.

"인류의 기술 발전에 이바지하여 주십시오……. 라고 절대악께서 말씀하셨습니다."

"……."

"아서 광산에는 가디언이라는 특수한 마법병기가 있다는 것을 알고 계실 것입니다. 마법 연합의 연합원들은, 이미 통행 허가를 설정해 놓으셨다 들었습니다."

"……."

샤먼의 몸이 부르르 떨렸다.

절대악. 앞을 어디까지 내다보고 있는 건지 모르겠다.

조금 혼란스럽기도 했다. 절대악은 세상이 알고 있는 것처럼, 그냥 훌륭하기만 한 영웅은 분명히 아닌데. 얻을 것은 분명히 얻고, 내칠 것은 확실히 내치는 사람인데.

"단, 아서 광산의 워프 포탈 탐방을 통해 무언가 성과를 이루어낸다면…… 그것에 대한 지분과 이용권을 요구하셨습니다."

샤먼이 눈을 감았다. 당장의 돈이나 보수 같은 건 필요 없다는 얘기다. 그건 이미 절대악에게도 넘쳐나니까.

'이건…….'

샤먼이 주먹을 살짝 쥐었다.

'우리의 미래에 투자하겠다는 얘기야.'

그랬다. 분명히.

절대악은 미래 가치에 투자하는 거다. 마법 연합이 가진 능력과 기술을, 간접적으로나마 인정했다는 뜻이다. 그것만으로도, 마법 연합의 브랜드 가치가 몇 단계는 뛰어오르는 것 같은 느낌을 받았다. 적어도 샤먼은 그랬다.

강재명이 말을 이었다.

"실무적인 자세한 내용은 저와 나누시면 됩니다."

샤먼은 '저희가 절대악을 속일 수도 있잖아요?'라는, 실없는 질문은 하지 않았다.

샤먼도 알고 있다. 과거 도렌트가 들었던 말을 말이다. 도렌트는 절대악에게 '미국이 감당할 수 있겠어요?'라는 말을 들었다고 했다. 쉬쉬하지만, 각국의 고위층이라면 대충 알고 있는 얘기다.

'만약 그런 내용을 말했다가는.'

이런 말이 들려올 수도 있다. 유럽이 감당할 수 있겠어요? 그 말이, 결코 허세가 아니라는 점이 더 무섭다.

"감사합니다. 절대악께서 우리의 가치를 알아주셨군요. 조속히 아서 광산을 조사하면서 대륙과 대륙을 한 번에 잇는 그 기술을 공부해 보도록 하겠습니다."

마렌이 보기에 적대악은 지옥에서 올라온 악마나 다름없었다.

'거, 거기는……!'

또였다.

'또 터졌다.'

처음에 '웜 킹'은 굉장히 공포스럽고 전율스러운 존재였다. 분명히 그랬다. 지금도 마찬가지다. 분명 무서운 몬스터가 맞다. 일단 길이가 100미터가 넘으니까.

그런데 그 100미터가 넘는 몬스터가 지금은 좀 불쌍해 보였다. 하필이면 그 앞에 적대악이 있었으니까.

'쟤도 참……'

불쌍했다. 시스템의 어떤 설정 때문에 자꾸만 되살아난다. 죽어도 죽은 게 아니다. 정확하게 말하자면 적대악이 웜 킹을 제대로 죽이지 못하고 있다.

'차라리 죽는 게 나을 거 같은데.'

현재 웜 킹은 3분 단위로 다시 살아나고 있는 중이다. 살아날 때마다 한주혁이 반투명한 막을 때리고, 그와 동시에 웜 킹이 솟구치고, 또 그와 동시에 웜 킹의 영 좋지 못한 곳이 터져 나가는 것이 벌써 네 번째 반복됐다.

'터졌다……!'

그곳이 터져 나갈 때마다 웜 킹은 바닥에 배를 까 뒤집고서 수천 개가 넘는 발을 바들바들 떨었다. 발끝에 달린 입들에서 게거품까지 새어 나왔다.

한주혁이 인상을 찡그렸다.

'어떻게 해야 이놈을 완전히 죽이지?'

죽여야 아이템이든 경험치든 뭐든 얻을 것 아닌가. 그리고 놈이 설정하고 있는 이 특수한 영역도 벗어나야 했다.

'어떻게?'

마땅한 방법이 떠오르지 않았다. 지금은 단순 작업을 반복하고 있다.

'이놈이 뭔가 다른 공격 방식을 취하든, 뭔가 다른 걸 하면 단서라도 얻을 텐데.'

그냥 계속 같은 공격을 했다가 같은 방식으로 터져 나가고 있다. 이럴 때에는 팬더의 부재가 아쉬웠다. 팬더가 있었다면 좀 더 수월하게 이곳을 지나칠 수 있을 텐데.

'영역 해제라.'

다섯 번째. 웜 킹은 다섯 번이나 새로 태어났다. 이번에도 웜 킹이 웜 퀸이 됐다.

'단순 사살은 의미가 없어.'

다른 방법.

'내가 뭔가 놓치고 있는 게 있나?'

이런 허접한(?) 몬스터. 수컷도, 암컷도 아닌 이런 약한 몬스터 때문에 진출을 못 하고 있는 것이 조금 답답했다. 케르핀의 낙서장 사용을 진지하게 생각했을 정도다.

그런데 그때 무언가가 생각났다.

'아. 혹시……!'

7장
성좌와의 파티

한주혁은 키워드 두 개를 떠올렸다.

악 속성. 적대악.

둘은 상반되는 개념이다. 적대악은 악 속성을 무너뜨리는 클래스. 더 넓은 개념에서 보자면.

'전체적인 구도는 성 속성과 악 속성의 대립.'

성좌와 절대악의 대립 구도도 마찬가지다.

'성좌와 절대악의 대립에 있어서……'

여태까지 성좌와 절대악은 계속해서 싸워왔다. 원래대로였다면, 성좌가 정말 제대로 된 플레이어고 센스 있는 플레이어였다면 지금의 절대악은 없었을지도 모른다.

'서로에게 카운터가 될 만한 것들을 항상 얻기는 얻되……'

성좌에게 항상 주도권이 있었다. 이를테면 성좌는 언제나 공격하는 쪽이었다.

'공격할 수 있는 어떤 수단을 나보다 먼저 얻었어.'

절대악은 그 수단들을 방어해 내는 또 다른 수단들을 얻어야만 했었다. 여태까지 절대악은 그 수단들을 전부 얻어냈고, 성좌들을 그리 어렵지 않게 무너뜨려 왔다.

'그리고 또.'

또 한 가지 중요한 사실이 있다.

'성좌들은 델리트의 능력을 나보다 훨씬 자유자재로 사용할 수 있었지.'

퍽 하면 델리트를 시키겠다 협박했었다.

사실상 델리트는 원래, 고위 NPC나 고위 보스 몬스터 등이 사용하는 권능이다. 플레이어에게 있어서 완전한 죽음을 선사할 수 있는 고위 권능. 그런데 아주 오래전부터, 성좌들은 델리트 권능을 사용해 왔었다.

'그런 의미에서 시스템적으로는 성 속성이 악 속성보다 유리한 고지를 차지하고 있는 게 맞아.'

그리고 지금 자신은 성 속성.

'저놈들은 악 속성.'

한주혁은 생각하지 않고 있었던 호칭을 하나 떠올렸다.

'세인트 가드.'

시르티안은 이렇게 말했었다.

스카이 데블을 멸망시키고 은신처로 몰아넣은 원흉 중 하나에게 주어진 호칭입니다.

한주혁은 세인트 가드의 호칭 효과를 활성화 상태로 돌렸다. 세인트 가드 호칭 효과는 플레이어 본인이 활성 효과로 돌려야 그 효과가 발동된다.

-세인트 가드 호칭 효과를 활성화 상태로 전환합니다.
-세인트 가드 호칭 효과의 유지 시간은 7분입니다.
-세인트 가드 호칭 효과에 의하여 악 속성 개체에 대한 델리트 능력이 활성화되었습니다.

몬스터를 상대로 하고 있어서 델리트를 떠올리지 못하고 있었다. 어쩌면 지금 이 몬스터. 그러니까 '웜 킹'은 델리트를 시켜야만 하는 몬스터일 수도 있었다.

-성 속성 공격으로 악 속성 개체를 공격했을 시, 델리트 확률이 70퍼센트로 상승합니다.

세인트 가드 호칭 효과 덕택에 델리트 확률이 대폭 높아졌다. 뿐만 아니라 '성 속성'에 기반한 모든 공격의 능력치가 2배씩 향상되었다.

-세인트 가드 호칭 효과로 인하여 세인트 필드가 펼쳐집니다.
-악 속성 개체들의 능력이 대폭 약화됩니다.

한주혁이 표현하기로 '악 속성 개체들에게 매우 악질적인' 세인트 가드 칭호 효과가 펼쳐졌다.

마렌은 저게 뭔지 알 수 없었다.

'저게 뭐지?'

하얀색 마법진 같은 것이 이 땅을 덮었다. 그 땅에는 하얀색 글씨들이 새겨져 있었는데 마법언어는 아닌 것 같았다.

푸트론 자작의 몸이 굳었다.

'설마, 이것은……?'

마법진이 아니다. 마법 특유의 느낌이 느껴지지 않는다. 마법은 확실히 아닌데 마법과 비슷한 효과를 내는 것 같다. 마법진과 비슷하게는 생겼다.

'나는 이걸 알고 있어.'

알고 있다. 책으로 본 적이 있다.

'이건 설마…….'

한 가지 능력을 떠올렸다.

'성역 선포?'

고위 사제 NPC들이나 가능하다는 성역 선포인 것 같다.

실제로 보는 것은 처음이다. 고위 사제 NPC들은 성전 밖으

로 잘 나오지 않으니까. 예전 절대악에게 특사로 갔었다는 대사
제 제라툰도 사용 못 하는, 돈으로 자리를 산 가짜 사제 말고,
정말로 고위급 사제 혹은 신관이나 사용할 수 있는 능력이다.

'……적대악이 성역 선포를 썼다고?'

믿을 수 없었다. 푸트론 자작이 파악하기로 적대악은 힘 스
탯을 올린 마법사다.

'플레이어에게 신력 스탯이 있던가?'

저건 지능의 영역이 아니다. 신력의 영역이다. NPC 중에서
도 특별히 재능을 타고난 이들만이 겨우 부릴 수 있는 능력.
그중에서도 신의 허락을 받았다고 알려진 자들만이 사용할
수 있는 능력이다.

'이건 말도 안 된다.'

성역 선포는 그렇다 칠 수 있다. 세상에는 많은 히든 클래스
가 존재하고 절대악이나 적대악 같은 특이 케이스도 있게 마
련이니까. 플레이어들은 NPC들과 성장 자체가 다르다. 그러니
까 이해하려면 이해할 수 있다.

'그런데 마법사잖아.'

어떻게 한 명의 사람이.

'마법과 신력을 함께 가지고 있을 수 있지?'

이해할 수 없었다. 푸트론 자작도 마법사다. 그래서 잘 안
다. 마법과 신력 혹은 성력은 한꺼번에 사용할 수 없다. 그게
상식이다. 너무나 지극히 당연한 상식.

한주혁이 씨익 웃었다.

'진작에 사용할걸.'

상대가 너무 쉬워서 생각 못 하고 있었다.

만약 정말로 강력한 상대였다면, 이를테면 데미안 같이 말도 안 되는 강자와 싸울 때면 활용 가능한 모든 방법을 강구하게 마련이다. 하지만 상대는 고작해야 웜 킹이었다.

'너무 약해서 까먹고 있었다.'

땅속에 숨어 있다가 갑자기 모습을 드러내 공격하는 허접한 몬스터. 그렇다 보니 일단 대충 치면서 단서를 파악해 보려 했던 것뿐이다.

'성 속성 공격이라.'

제대로 된 성 속성 공격도 필요 없다. 어쨌든 한주혁의 기반은 '적대악'이다. 적대악의 기본 속성이 '성 속성'이고 공용마법도 '성 속성'을 기초로 한다.

그래서 사용했다.

'파이어 볼.'

파이어 볼이 넘실넘실 날았다. 넘실넘실 날아간, 성 속성을 품은 파이어 볼은 웜 킹의 몸을 불태웠다.

푸트론 자작은 볼 수 있었다.

'놈의 H/P가……'

H/P가 순식간에 떨어져 내렸다.

'저게 파이어 볼의 위력?'

적대악이 마법사라는 것을 외면하고 있던 차였다. 마법사인데 신체 능력이 지나치게 뛰어난, 괴상한 마법사라고 생각하고 있었다. 그런데 이번에는 마법을 사용했다.

'파이어 볼이……'

한 가지는 확실했다.

'주먹보다…… 강하다.'

당연하다. 마법사의 평타보다는, 마법사의 마법이 강한 게 당연한 것 아니겠는가. 한주혁의 평타가 강력한 건 맞지만 그래도 마법이 더 강하다.

-웜 킹이 일시 사망하였습니다.

-델리트에 실패하였습니다.

-영역 해제에 실패하였습니다.

-웜 킹은 3분 뒤 리젠됩니다.

1차 시도에서는 델리트에 실패했다. 한주혁이 인상을 살짝 찡그렸다.

'이거. 기회는 두 번밖에 없는데.'

세인트 가드의 호칭 효과는 7분 동안 유효하다. 7분이 지나면 호칭 효과가 사라지게 되고, 다시 호칭 효과를 활성화시키는 데 2시간 이상의 시간이 소요된다.

3분이 지났다. 여태까지와 마찬가지로 웜 킹이 다시 한번 모습을 드러냈다.

'파이어 볼.'

모습을 드러냄과 동시에 사라졌다. 이전과 같은 공포스러운 장면은 연출되지 않았다. 무엇인가가 터졌다거나. 게거품을 문다거나. 그런 상황 없이, 깔끔하게 사망했다.

-웜 킹이 일시 사망하였습니다.

-델리트에 실패하였습니다.

…….

한주혁은 다시 한번 인상을 찡그렸다.

'아니, 델리트 확률이 70퍼센트쯤 된다며?'

70퍼센트 정도면, 두 번 했으면 한 번은 성공해야 하는 거 아닌가.

'놈에게 델리트 저항이 있나?'

이쪽에 델리트 성공 확률 70퍼센트 상승이 있고, 놈에게 델리트 성공 확률 감소가 50퍼센트 정도 있다면, 결국 성공확률은 20퍼센트 정도로 보정된다.

'아이 씨.'

만약에 이번 기회를 또 놓치면 2시간을 기다려야 한다. 누구에게나 그렇지만 한주혁에게 시간은 곧 금 아닌가.

'델리트시켜야 되는데.'

역시 본캐가 아니라서 약한 것 같다. 본캐가 만약 적대악이었다면 진작 델리트시키고 영역을 해제할 수 있었을 것 같은데. 다시 3분을 기다려야 했다.

그런데 그때, 귓말이 들려왔다.

-도움이 필요한 것 같군요.

한주혁이 뒤를 힐끗 쳐다봤다.

-당신은…… 에르간 님?

얼굴을 알고 있다. 아메리아 대륙에서 모습을 처음 드러냈던 사람이다.

'6번 성좌?'

아직은 많은 것이 베일에 둘러싸여 있는, 6번 성좌 에르간이다. 태르민 일가와 어떤 연관이 있는지도 아직은 잘 모른다. 알려진 것이라고는 저번에 성좌들과 함께 미국에 나타난 몬스터 군단을 처리했었다는 것 정도.

-그렇습니다. 6번 성좌, 에르간입니다.

에르간의 체격은 굉장히 왜소했다. 키가 160㎝ 정도 되어 보였다. 골격 자체가 굉장히 작은 편에 속했다.

-저 역시 알림을 들었습니다. 이 특수한 영역을 해제해야 앞으로 지나갈 수 있는 것 같군요.

한주혁이 에르간을 쳐다봤다. 반갑다면 반가운 얼굴이다.

'아. 아쉽다.'

일단 에르간에게 개인적인 원한은 없다. 그렇지만 놈은 성좌다. 만약 자신이 지금 절대악이었다면 에르간을 잡을 수 있었을 텐데.

한주혁이 물었다.

-여긴 어떻게 오셨죠?

-적대악 님께서 아실지 모르겠습니다만.

에르간이 어깨를 으쓱했다.

-성좌들에게는 성좌들 전용의 퀘스트가 존재합니다.

성좌 전용 퀘스트라고 말하는 데에 약간의 자부심이 있는 것처럼 보였다.

한주혁은 처음 듣는다는 듯 말했다.

-아, 직업 퀘스트 같은 건가 보네요.

물론 잘 알고 있다. 너무 잘 알아서 문제일 정도다.

'개꿀 퀘스트!'

성좌 퀘스트. 한주혁이 아주 일용하고 있는 행복한 퀘스트 아니던가. 세계 12대 초인의 아이템도 얻게 해주고. 참 좋은 퀘스트다. 어려운 게 문제이기는 했지만.

-맞습니다. 아시다시피, 성좌 퀘스트는 센티니아와 루니아를 관통하는 거대한 줄기이기도 합니다.

말하자면 메인 시나리오 퀘스트 중 하나라는 얘기다.

-이곳에 성좌 퀘스트의 흔적이 이어져 있습니다.

-그렇군요.

속으로나마 조금 기뻤다.

'성좌 퀘스트가 굴러들어 오는 건가?'

게다가 지금 자신은 적대악 아닌가. 심지어 자신은 세인트 가드다. 성좌 퀘스트를 성좌가 아닌 절대악이 클리어하는 건 매우 어렵지만, 성좌 쪽에 속하는 적대악이 클리어하기는 훨씬 쉬울 것 같다.

-저 역시 언젠가는 절대악과 싸워야 하는 클래스입니다.

-알고 있습니다. 많은 이들이 적대악 클래스를 노렸었죠.

에르간이 한주혁을 쳐다봤다.

한주혁은 그 눈빛에서 느꼈다.

'교묘하게 가리고는 있는데.'

이쪽을 향한 좋지 못한 감정이 실려 있는 것 같다.

'다른 성좌 애들이랑 비슷한 느낌을 풍겨.'

아직 정확하지는 않다. 그냥 느낌일 뿐이다. 뭐랄까. 굳이 표현하자면 '나도 얻지 못한 적대악 클래스를, 너 따위가 감히 가로채?' 정도의 느낌이다. 위선자 같은 느낌을 받았다. 하지만 굳이 내색하지는 않았다.

'그냥 느낌이길 바란다. 에르간.'

말 그대로 느낌이다. 성좌에 대해 편견을 갖고 있어서 그런 걸지도 모른다. 아직 확정 지어 생각하지는 않기로 했다. 아주 적은 확률로, 6번 성좌는 비교적 착한 성좌일 수도 있지 않겠는가. 가능성은 열어두기로 했다.

에르간이 물었다.

-놈의 리젠 시간이 어떻게 되죠?

-이제 한 20초 있으면 리젠될 겁니다.

-힘을 합치죠. 파티 맺으시겠습니까?

적대악 앤서와 6번 성좌 에르간이 힘을 합치기로 했다.

한주혁은 기분이 좋아졌다.

'좋네.'

6번 성좌를 지금 잡을 수는 없지만 6번 성좌의 능력을 알아볼 수 있는 좋은 기회 아니겠는가.

한주혁이 말했다.

-곧 튀어나올 겁니다.

다시 한번 웜 킹이 모습을 드러냈다. 그런데, 여태까지와는 약간 다른 상황이 펼쳐졌다.

6번 성좌 에르간. 그가 이렇게 말했다.

-저는 딜에 특화된 클래스입니다.

그 말인즉슨, 내가 딜을 할 테니 네가 탱커를 맡아줘라. 그런 뜻이다.

-또한 악 속성 개체에 대한 델리트 확률이 매우 높습니다.

-몇 퍼센트 정도 되죠?

-여태까지는 100퍼센트였습니다.

여태까지는 100퍼센트. 델리트 관련한 저항 능력이 얼마만큼 강력하느냐에 따라 다르겠지만 어쨌든 여태껏 100퍼센트였다는 것은 매우 높은 델리트 성공률을 가지고 있다는 소리다.

'성좌들이 참 좋은 클래스가 맞긴 한데.'

검도 선수가 검을 드는 것과 5살짜리 어린아이가 검을 드는 것은 천지 차이다.

'세아 정도 센스를 가진 애가 성좌를 얻었으면 훨씬 힘들었겠어.'

한주혁이 보기에 태르민 일가에 속한 성좌들 중 평균 이상의 센스를 가진 플레이어는 없었다. 그가 느끼기로 태르민 일가에서 주의해야 할 사람은 오로지 한 명뿐이다. 태르민. 나머지는 그냥 태르민 덕택에 능력도 힘도 없으면서 어깨에 힘주고 다닌, 말하자면 짝퉁 성좌들이다.

'어디 한번 6번 성좌의 능력을 볼까?'

그렇게 생각했는데 그게 생각만큼 쉽지는 않았다. 갑자기 웜 킹의 공격 양상이 달라졌기 때문이다. 재빠르게 솟구치는 것까지는 같았다.

한주혁은 잠시 기다렸다. 6번 성좌 에르간의 능력을 보기 위해서. 그런데 그때, 웜 킹의 발에 달린 수많은 입들이 그 입을 크게 벌렸다.

'어?'

한주혁이 그것을 느낀 것은 찰나였다. 그 짧은 순간에 웜 킹의 입에서 녹색 분비물이 튀어나오기 시작했다.

'원래 이게 공격 능력인가 본데.'

원래는 이렇게 공격하는 것이 웜 킹의 진짜 능력인 것 같다.

여태까지는 자신이, 웝 킹의 반응 속도보다 훨씬 빠르게 공격해 버려서(터뜨려 버려서) 웝 킹이 그 힘을 발휘하지 못했었던 것 같다.

마렌은 볼 수 있었다.

'어……? 어……? 어……?'

웝 킹의 거대한 그림자가 태양을 가렸다. 아주 잠깐이지만 세상 전체가 어둡게 물든 것 같았다. 그와 동시에 녹색 비가 내리기 시작했다.

"어……? 어? 으어어어?"

한주혁이 말을 하지 말라고 했지만, 저도 모르게 비명이 튀어나왔다. 녹색 비가 떨어져 내리는 게 보이기는 보였는데.

'피, 피할 공간이 없어!'

피할 공간이 전혀 없었다. 커팅 웝들이 뿜어내던 녹색 피와는 차원 자체가 달랐다.

'미친……!'

마렌에 비해 비교적 침착함을 유지하던 푸트론 자작조차도 다리에 힘이 풀려서 쓰러졌다.

그는 직감했다.

'죽는다.'

피할 구석이 전혀 없다.

'정말로 죽는다.'

녹색 비가 떨어져 내렸다. 아니, 이건 비라고 볼 수도 없었다. 그가 보는 모든 세상을 녹색이 뒤덮었다. 저 녹색, 뭔지 알고 있다. 강력한 산성을 가진 악 속성의 독극물.

6번 성좌 에르간이 인상을 찡그렸다.

-놈에게 급소가 있습니까?

-저기 아래쪽. 덜렁거리는 부분이요.

심지어 터지기까지 하는, 매우 확실시된 급소다.

-어디요?

한주혁이 아주 가볍게, 한숨을 내쉬었다.

'6번 성좌 능력 좀 보려다가는⋯⋯.'

그랬다가는 지금 클리어 중인 퀘스트도 실패하게 생겼다.

'저곳을 몸으로 둘둘 말고 있네.'

급소가 조금씩 사라지고 있었다.

'침묵의 초원. 그리고 웜 킹.'

갑자기 왜 웜 킹이 침묵의 초원에 둥지를 틀었는지. 그것까지는 모른다. 렉서와 요르한이 알아보고 있으니 어쩌면 나중에는 알아낼 수도 있다. 어쨌거나 한주혁은 '침묵의 초원'이 가지고 있는 특수 효과를 알아낸 상태.

'빠르게 공략해야만 하는 특성을 가진 곳이네.'

'침묵의 초원'이 가지고 있는 특수 효과는, 한주혁이 빠르게 움직이면 쫓아오지 못했다. 약간의 딜레이가 발생했다. 웜 킹도 마찬가지라 할 수 있었다.

'초반에 빠르게 터뜨리면 쉽게 잡을 수 있는 몬스터지만.'

지금처럼 아주 약간. 그것이 단 1초에 불과할지라도 시간을 주는 순간, 그 난이도가 상당히 많이 높아지는 스타일의 보스 몬스터인 것 같았다.

-딜러라고 했죠?

이제는 한계다. 더 이상 시간을 지체했다가는 이 녹색 비에 마렌과 푸트론이 녹아내리게 생겼다.

딜러면 이 상황을 타개할 방법이 딱히 없어 보인다.

'공격 속도가 뭐 저렇게 느려?'

6번 성좌라고 해서 잔뜩 기대했더니만, 인형술사 Siri나 광휘의 지휘자였던 채순덕보다도 더 센스가 없는 것 같은 느낌을 받았다.

'아니.'

그런데 다른 한편으로는 일부러 자신의 힘을 꺼내 쓰지 않는 것 같다는 느낌도 받았다. 일부러 밍기적대고 있는 것 같은 느낌이랄까.

'꿍꿍이가 뭔지 모르겠군.'

뭔지는 모르겠는데, 일단 마렌과 푸트론은 살리고 봐야 했다.

-스킬. 세인트 홀을 사용합니다.

-스킬. '세인트 홀'의 적용 범위를 설정합니다.

-'세인트 홀'의 적용 범위 설정이 완료되었습니다.

-스킬. '세인트 홀'이 적대세력을 확인합니다.

-스킬. '세인트 홀'이 악 속성 개체를 흡수하기 시작합니다.

한주혁 본인조차도 감탄했었던 적대악 전용 스킬, 세인트 홀이 다시 한번 모습을 드러냈다. 악 속성 개체를 상대할 때, 수많은 개체를 상대할 때에 그 위용을 드러내는 세인트 홀.

녹색 비를 얻어맞기 직전, 마렌이 팔로 얼굴을 가리며 비명을 질렀다.

"으어어어어억!"

그러나 그 녹색 비는 마렌의 얼굴에 닿지 못했다. 닿기도 전에 엄청난 속도로, 하늘에 떠 있는 하얀색 홀에 빨려 들어갔다.

쉬이이- 이익!

웜 킹은 당황한 듯 고개를 좌우로 저었다.

한주혁이 씨익 웃었다.

"어라."

어떻게 된 건지는 몰라도 웜 킹에게서 소리가 났다. 이곳은 분명히 침묵의 초원인데. 저 몬스터는 침묵의 특수 효과로부터 벗어나 있는 건가.

6번 성좌 에르간이 주변을 살폈다.

'이 미친 스킬은……'

대충 소문으로 듣기는 했었다. 그런데 그 소문이 과장되어 있다고 생각했다. 절대악이면 몰라도, 이제 갓 성장하기 시작한 적대악이 이런 능력을 가지고 있을 거라고는 생각도 하지 못했다.

'분명 강력할 거라고 예상은 했는데……'

그렇기는 했는데 이건 예상을 너무나 벗어났다.

'놈들이 전부 빨려 올라가고 있어.'

녹색 비는 악 속성이자 산성이다. 그 녹색 비를 맞은 커팅 웜들은 그 덩치를 불려가더니 2배씩은 커졌다. 그렇다고 속도가 느려진 것도 아니었다. 저 녹색 비가 커팅 웜들에게는 일종의 버프 효과를 발생시키는 것 같았다.

그런데 딱 거기까지였다. 죽음을 직감했던 푸트론 자작은 입을 쩍 벌리고 하늘을 쳐다보기만 했다. 방금 전까지 죽음을 확신했는데 지금은 아니었다.

'살았다.'

정말로 살았다.

'엄청…… 나구나.'

그동안 마렌을 정말 많이 봐줬다는 걸 알겠다.

옆을 힐끗 보니 겁에 질렸던 마렌은 이미 제정신이 아닌 것 같았다. 침묵의 초원이라 아무 소리도 들리지는 않았지만, 마렌이 무어라 소리치고 있는 것은 보였다.

마렌은 이렇게 외치고 있었다.

"딤벼라! 이 X밥들아! 여기 적대악 형이 있으시다! 이 등신 같은 새끼들! 어디 한번 다시 개겨봐라!"

마렌의 가슴 속에 신앙심이 조금 생겼다.

침묵의 초원에서, 웜 킹이 소리를 냈다.

쉬익-! 쉬이이이이- 익!

이곳에서 유일하게 소리를 낼 수 있는 개체. 소리를 내는 것 자체는 그렇게 중요한 게 아니었다. 지금 웜 킹은 어떻게든 땅으로 숨으려고 발악을 하고 있는 중이다.

한주혁은 여유롭게 상황을 지켜봤다.

'지금 내가 공격해도 충분해.'

세인트 홀을 쓰고 있다고 해서 파이어 볼을 못 쓰는 건 아니다. 파이어 볼이면 놈을 통구이로 만들어 버릴 수 있다. 다만, 에르간의 능력을 한 번 보기 위해 잠시 기다리고 있을 뿐.

한주혁이 말했다.

-딜러 아닙니까?

-지금. 공격 들어갑니다.

6번 성좌. 에르간이 성좌 전용 스킬을 사용했다.

한주혁은 그것을 놓치지 않았다.

웜 킹의 몸체 밑에 육각형 형태의 하얀색 마법진이 피어올랐다. 그것은 순식간에 하얀색 실타래 같은 것을 뽑아 올리더니, 웜킹의 몸을 덮었다.

'뭔가에 갇힌 거 같네.'

스킬의 이름은 알 수 없었다. 그렇지만 성 속성의 공격인 것은 알겠다. 커다란 입을 가진 무언가가 땅 밑에서 튀어나와 웜 킹을 집어삼킨 것 같았다.

'H/P가 빠르게 떨어져.'

웜 킹의 레벨은 알 수 없다. 하지만 6번 성좌 에르간의 공격 능력이 약하지는 않았다.

'게다가.'

역시 성좌는 좋은 클래스다.

'델리트에 성공했어?'

여전히 델리트 확률 100퍼센트를 유지하고 있다. 적어도 악 속성에 대해서는 엄청난 확률이라 할 수 있다.

'내가 70퍼센트 보정을 받아도 계속 실패했는데, 단 한 번에 성공했다라.'

다른 건 몰라도, 6번 성좌의 공격 능력과 델리트 능력은 얕잡아 볼 수는 없을 것 같다. 세인트 홀에 저항하느라, 힘이 많이 빠진 상태였다고는 해도 말이다.

알림이 이어졌다.

-보스 몬스터 웜 킹을 사냥하였습니다.

-웜 킹의 특수 영역이 해제됩니다!

-웜 킹의 성공적인 사냥으로 인하여, 보상이 일괄 지급됩니다!

침묵의 초원 효과와 비슷한, 그 효과가 지금에서야 그 빛을 발했다.

'아. 뭐야, 이거?'

좋다, 정말 좋다. 한주혁의 얼굴에 미소가 걸렸다.

'빠르게 달리면 효과가 나를 못 따라오잖아?'

그것과 마찬가지로, 웜 킹을 때려잡을 때까지는 보상이 따라오지 못하는 특성을 가진 필드였던 것 같다.

다시 말해 웜 킹을 때려잡은 지금, 보상이 물밀듯이 밀려들기 시작했다.

-레벨이 올랐습니다.
-레벨이 올랐습니다.
-레벨······.

순식간에 이어지는 레벨업 알림. 적대악 앤서의 레벨이 60을 돌파했다.

'어쩐지 경험치를 너무 안 주더라니······!'

이거 너무 좋다. 역시 레벨업에는 몹이 사냥이 갑이다. 웜 킹을 잡은 시점에서, 커팅 웜들도 더 이상 모습을 드러내지 않고 있다. 위험 요소가 사라졌다.

그리고 마렌이 침을 꿀꺽 삼켰다.

'어!'

그는 봤다. 꽃길, 아니, 아이템 길을.

'아이템들……?'

여태까지 드랍되지 않았던 아이템들이 한꺼번에 드랍되었다. 한주혁이 사냥한 개체가 적어도 1만 마리는 넘었다. 주변 전체가 반짝반짝 빛났다.

한주혁이 귓말을 보냈다. 물론 당사자는 마렌이다.

-뭐 해?

-네?

-아이템 안 줍냐?

두반 백작가의 막내아들. 마렌은 순간 자신의 귀를 의심했으나 의심만 했다. 말을 잘 듣기로 하지 않았는가.

-줍습니다! 안 그래도 주우려고 했어요.

-그렇지? 싫지 않지?

-저 아이템 줍는 거 좋아해요.

마렌이 달리는데 푸트론이 가만히 있을 수 없다. 푸트론도 마법을 활용해서 아이템들을 수거하기 시작했다. 그는 아이템을 줍고 있는 마렌의 뒷모습을 쳐다봤다. 저 망나니가 저렇게 길들여진 것이 신기하기도 했고, 또 짠하기도 했다.

한주혁은 6번 성좌 에르간에게도 귓말을 넣었다.

-과연 100퍼센트의 델리트 확률 맞군요.

-상대가 악 속성이니까요.

한주혁이 어깨를 가볍게 으쓱했다. 6번 성좌도 이쪽의 능력에 대단히 많이 놀란 것 같다.

-방금 그 하얀색 구체. 스킬 이름이 뭡니까?

-세인트 홀입니다.

-드디어 제우스가 밸런스 패치를 시작했나 보군요.

절대악이 너무 강하다. 그에 걸맞은 밸런스 패치가 필요하다. 많은 사람들이 그렇게 주장하고 있지 않은가.

한주혁은 진심으로 이렇게 대답했다.

-그래 봤자 절대악한테는 안 돼요.

적대악 앤서가 강한 건 맞다. 그래봐야 레벨 60짜리 쪼렙이다. 심지어 스킬도 별로 없다. 약하다. 부캐가 아무리 뛰어나도, 본캐를 넘어서기란 쉽지 않은 것 아니겠는가. 그건 그냥 당연한 거다.

-아뇨. 성좌들과 당신이 힘을 합치면 절대악도 충분히 잡을 수 있을 겁니다. 시간만 조금 주어진다면.

한주혁이 가볍게 웃었다.

'아닌데.'

내가 너희 하는 거 봐서는 어림도 없을 거 같은데. 그리고 정말 중요한 건.

'미안한데……'

내가 절대악이야. 그 말은 하지 않았다. 그런데 그때. 6번 성좌 에르간이 예상치 못했던 말을 꺼냈다.

-드디어 발견했습니다. 웜 킹은 그저, 눈 가리기에 지나지 않

았습니다. 저길 보세요.

　한주혁이, 에르간이 가리킨 곳을 쳐다봤다.

　에르간의 말이 맞았다.

8장
지하 땅굴

알림이 들려왔다.

-축하합니다!
-히든 지역. '지하 땅굴'을 발견하였습니다.

숨겨진 지역을 발견했다. 웜 킹을 사냥하게 되면 나타나는 히든 피스인 것 같았다.

6번 성좌. 에르간이 말했다.

-들어갈까요?

-성좌 퀘스트의 일부입니까?

-어쩌면 전부일 수도 있죠.

한주혁은 아주 잠깐, 갈등했다.

'성좌 퀘스트는 무조건 해야지.'

그런데 지금은 다른 퀘스트도 진행 중이다. 이름하여 적대악 퀘스트. 적대악 퀘스트도 성좌 퀘스트 못지않게, 아니, 그이상 중요하다.

'마렌과 푸트론을 먼저 보낼 수는 없고.'

침묵의 초원 내에 존재하는 모든 위협이 사라졌다고 장담할수 없으니 따로 보낼 수는 없다.

그렇다고 너무 늦어져도 안 된다. 두반 백작이 내려준 퀘스트를 제대로 클리어할 수 없을지도 모른다. 어쩌면 막내아들을 사랑해 마지않는 두반 백작이 적대악에게 실망하고 기사갈렌티아를 파견할지도 모를 일이다.

'그렇게 되면 퀘스트 취소가 되거나 실패로 처리될 확률이높아.'

한 가지 방법을 떠올렸다.

-권능의 귓말을 사용합니다.

그 어디에 있든, '권능의 귓말'이 가진 권능을 초과하는 방해가 없다면 귓말을 보낼 수 있는 한주혁의 능력이 빛을 발했다.

-듀퐁 백작님. 놀라지 마시고 제 말을 두반 백작님에게 전해주시면 감사하겠습니다.

신원 보증이 확실히 되는 귀족 NPC를 이용해서 미리 선갈을 보내놓으면 된다.

만약 듀퐁 백작이 이 말을 듣고서 귓말을 보낼 수 있었다면.

'오옷! 알겠습니다! 오옷! 제가 꼭 반드시 전하도록 하겠습니다! 오오옷!'

이라고 외치면서 식은땀을 줄줄 흘렸을지도 모른다. 한주혁이 말을 이었다.

-어쩌면 절대악 혹은 대도 블랙 등 에르페스 제국에 반하는 세력과 관련되어 있을지도 모를 비밀 지역을 발견하였습니다. 위치는 침묵의 초원입니다.

최대한 간략하게 설명했다.

-시간을 끌면 단서가 사라질 수도 있습니다. 이곳을 빠르게 탐사해야만 합니다. 침묵의 초원에 새로운 몬스터가 나타남에 따라 마렌 경과 푸트론 자작을 따로 보낼 수가 없게 되었습니다.

그래서.

-히든 지역을 함께 탐사하려 합니다. 에르페스 제국의 신임을 받고 있는 6번 성좌 에르간 님도 함께하고 있습니다. 부디 걱정하지 말아달라 연락하여 주십시오. 지금 당장.

몇 번 강조했다.

-바로 지금 당장입니다.

화장실에 앉아 볼일을 보고 있던 듀퐁 백작은 항문에 힘을 꽉 줬다.

"으오옷!"

끊어야 한다.

"지, 지금 당장은 힘든데……."

힘들어도 해야 한다. 상대는 굴타 왕국을 단신으로 무너뜨린 절대악을 상대하는 적대악. 듀퐁의 감은 적대악의 말을 무조건적으로 들어야 한다고 외쳐대고 있는 중이다.

"찝찝하군요, 오오옷."

바지를 올렸다. 스스로에게 칭찬했다.

"나는야 의지의 듀퐁 백작! 오옷!"

중간에 끊은 것에 대한 찝찝함보다는, 적대악이 '지금 당장'이라고 말하는 것의 중요성이 더 컸다.

"두반 백작님한테 전하면 되는 거지? 오옷?"

영상 촬영 스톤을 들고 있는 하인 한 명에게 말했다.

"자자. 촬영을 잘해야 해. 알겠니? 오옷?"

"알겠습니다. 백작님."

바지를 허리춤까지 끌어 올린 듀퐁 백작이 오른손 검지손가락을 하늘 높이 들었다. 그러고서 크게 외쳤다. 굉장히 과장된 태도로 말이다.

"마차를 준비해라! 두반 백작님에게 바로 간다! 오오옷! 서신을 미리 넣어놔! 마렌 경과 관련 있는 일이라 미리 얘기를 해놓거라, 오오옷! 적대악의 전갈을 지금 당장 전하러 간다! 오옷!"

누가 봐도 어색했지만 듀퐁 백작 본인은 어색하다 느끼지 못했다. 어쨌든 증거 자료를 확보했다. 말 잘 듣는다는 증거 사료 말이다. 적대악이 준비하라고 말을 한 적은 없는데, 왠지 필요할 것만 같았다.

"가자! 오오옷!"

한주혁이 '지하 땅굴'의 입구 앞에 섰다.

푸트론 자작 뒤에 선 마렌이 물었다.

-꼭 들어가야 됩니까……?

마렌의 얼굴은 새하얗게 질려 있었다. 그도 그럴 것이, 평생 단 한 번도 해보지 못했던 경험을 오늘 하루에 다 했으니까. 죽음의 공포를 오늘 하루만 해도 수십 번은 느꼈다. 이미 진이 빠질 대로 다 빠졌다.

-왜? 싫어?

-아, 아니, 그게 아니라…….

-그게 아니면 좋은 거네?

마렌은 할 말을 잃었다.

결국 그는 자포자기하고서 말했다.

-행복합니다.

푸트론 자작도 이미 자포자기했다. 적대악이 일반 플레이어의 기준과 상식을 한참 뛰어넘은 플레이어라는 것은 잘 알겠다. 그런데 이 정도 수준의 플레이어들이 접하는 퀘스트나 히든 필드가 이 정도일 줄은 몰랐다.

'어떻게든 되겠지.'

자포자기한 상태로 그는 생각했다.

'적대악이 있으면 죽지는 않겠어.'

바로 앞에서 죽음을 몇 번 경험하기는 하겠지만, 죽지는 않을 것 같다는 묘한 안도감이 들었다. 공포 속의 안도, 자포자기 속의 편안함. 괴상한 느낌이었다.

'그래. 안 죽으면 됐지……'

안 죽으면 되는 거 아니겠는가.

알림이 들려왔다.

-히든 지역. '지하 땅굴'에 들어가시겠습니까?

마렌과 푸트론에게는 선택권이 없었다. 둘은 울며 겨자 먹기로 히든 지역. '지하 땅굴' 입장을 선택했다.

-히든 지역. '지하 땅굴'에 입장하였습니다.

그와 동시에 필드가 변했다.

한주혁이 말했다.

"기본적으로 굉장히 습하고 어둡네요."

거짓말을 조금 보태자면 습식 사우나에 들어온 것만 같았다. 굉장히 습했다. 그리고 굉장히 더웠다.

'침묵의 초원에서는 벗어난 필드네.'

침묵 효과가 먹히지 않고 있다. 침묵의 초원과 이어져는 있되, 별개의 필드라는 소리다.

'이게…… 성좌 퀘스트?'

아직까지는 잘 모르겠다.

곧 안전지대 설정이 풀렸다. 한주혁 일행이 이동된 곳은 종유석으로 만들어진 창살로 막혀 있었다.

"이건 부술 수 있는 것 같은데……."

다만 아직 부수지는 않았다. 쇠 대신 종유석으로 만들어진 창살. 감옥에 갇혀 있는 것 같은 그런 느낌.

에르간이 종유석을 손으로 만졌다.

"만지면 설명창이 활성화됩니다."

한주혁도 종유석을 만져봤다. 설명창이 활성화됐다.

<특별한 분비물>
어떤 생물체의 분비물로 보입니다.

별다른 설명은 없었다. 이것이 진짜 단서일 수도 있고 단서가 아닐 수도 있다.

"별다른 방법은 보이지 않는 것 같네요."

앞으로 전진하려면 이 '분비물'을 부수고 지나가야 하는 것 같다. 에르간이 말했다.

"제가 느끼기로는…… 이 분비물이 단순히 우리의 앞길을 가로막고 있는 것 같지는 않네요."

단순히 가두려면 쇠창살 같은 것이 훨씬 유리했을 거다.

"이 분비물은 어쩌면 이 지하 땅굴의 주인의 분비물일 수 있습니다. 그리고 이것이 파괴되면 그 주인에게 전달이 되는 구조일 확률이 높아요."

한주혁이 6번 성좌 에르간을 한 번 쳐다봤다.

'딜러라고 했는데.'

단순 딜러는 아닌 것 같다.

"그래서 우리는 조심할 필요가 있을 것 같습니다."

"이 땅굴의 주인을요?"

"그렇습니다. 모르시겠지만…… 성좌 퀘스트는 성좌들조차도 그렇게 쉽게 클리어하지 못하니까요. 정말로 강력한 개체가 나타날 확률이 높습니다. 조심해서, 천천히 진행하는 것이 좋아요."

한주혁이 겉으로만 고개를 끄덕였다.

'그렇게 쉽게 클리어하지 못한다라.'

그 말은 곧.

'쉽게 클리어하겠네.'

성좌들이 클리어할 수 있을 정도면 자신은 어렵지 않게 클리어할 수 있을 거다.

'내가 클리어했던 성좌 퀘스트들은…… 일반 성좌들은 절대 클리어할 수 없는 난이도였어.'

한주혁은 자신의 가정이 정확하게 들어맞았다는 것을 직감했다.

'성좌들이 성좌 퀘스트를 진행하면 훨씬 쉬워진다.'

절대악이 성좌 퀘스트를 진행하는 것보다, 성좌들이 성좌 퀘스트를 진행하는 것이 훨씬 쉽다. 시스템적으로 그렇게 만들어진 것 같다. 한주혁의 마음이 편안해졌다.

'성좌들이 클리어할 수 있을 정도면 뭐, 쉽겠네.'

얼마의 시간이 흐른 뒤. 한주혁이 말했다.

"한번 부수고 출발해 보죠."

"조금만 더 살펴보겠습니다. 혹시 모를 위험에 대비하기 위해서입니다."

한주혁은 하품이 나올 지경이었다. 그래도 일단 지켜는 봤다.

약 10분이 더 지났을 때, 한주혁이 말했다.

"특별한 단서는 보이지 않는 것 같네요."

쉬운 길 놔두고 어렵게 돌아갈 필요 없지 않겠는가. 만약 이 분비물과 이 땅굴의 주인이 어떤 식으로든 연결이 되어 있다면? 그래서 그놈이 나타난다면?

'그러면 개이득이지.'

시간도 절약할 수 있고. 참 좋을 것 같다. 절대악으로 플레이해도 깰 수 있었던 성좌 퀘스트. 적대악과 성좌로 플레이하면 더더욱 쉽게 클리어할 수 있을 것 같다.

6번 성좌 에르간이 고개를 저었다.

"마법공격이 제대로 먹히지 않는 특수한 성질을 가졌습니다."

에르간이 가벼운 마법 하나를 사용했다. 설명창에 한 문장이 더 추가되었다.

<특별한 분비물>

어떤 생물체의 분비물로 보입니다. 마법력을 흡수하는 특수한 힘을 가지고 있습니다.

마법력을 흡수하는 특수한 힘을 가지고 있단다. 쉽게 말해, 마법이 통하지 않는단다.

"이 정도 두께의 분비물을 부수려면……."

에르간은 더 이상 말을 잇지 못했다.

쾅!

폭발음이 터져 나왔기 때문이다.

'부서졌군.'

적대악과 절대악에게 비슷한 구석이 있다더니.

'적대악도 푹씩푹씩 푹억푹억이냐……?'

뭐 어찌 됐든 좋다. 적대악이 강하다는 건, 그만큼 절대악을 잘 상대할 수 있다는 뜻이니까.

한주혁은 어깨를 으쓱했다. 부수는 건 쉬웠다. 그냥 대충 치면 되었다. 절대악이든, 적대악이든 신체 스탯은 동일하니까.

'없어지지는 않네.'

형태가 남았다. 보통 이런 경우, 부수면 사라지는 것이 일반적인데 말이다.

"마렌. 혹시 모르니까 이거 챙겨놔."

한주혁이 앞장서서 걸었다.

"제가 앞장서죠."

처음 이동한 필드를 벗어나, 좁은 통로를 따라 걸었다. 이곳은 여전히 더웠다.

마렌과 푸트론의 등이 땀으로 흠뻑 젖었다. 너무나 덥고 습했다. 숨쉬기가 곤란할 정도였다.

'저건 뭐지?'

벽 사이에 무언가 촉수 같은 것이 뾰족뾰족 튀어나와 있었다. 일반적인, 땅굴을 이루고 있는 암석은 아니었다. 곤충의 껍데기 같은 재질이었다.

가까이 다가가 보니 설명창을 활성화시킬 수 있도록 설정되어 있었다.

<특별한 껍데기>
어떤 생물체의 껍데기로 보입니다.

'껍데기라.'

아까는 분비물. 지금은 껍데기. 공통 키워드는 '어떤 생물체'.

마렌이 푸트론 뒤로 숨었다. 그러면서 한주혁에게 물었다.

"어떤 함정 같은 게 숨겨져 있는 거 아닐까요?"

지금도 조금 무섭다. 숨쉬기도 힘들고, 덥고, 어둡고, 습하고, 기분 나쁘다. 기분 탓인지는 모르겠는데, 진행하면 진행할수록 증기가 더 짙어지는 것 같다. 안개라고 해도 될 정도다.

"글쎄."

함정 있으면 그런 거쯤 그냥 대충 맞아도 될 거 같은데. 그 말은 하지 않았다.

'팬더가 있었으면 편했을 텐데.'

역시 절대악으로 플레이하는 게 최고다.

'뽑을 수 있나?'

힘을 살짝 줬다. '특별한 껍데기'가 쑥- 뽑혀 나왔다. 그 길이가 대략 50cm정도 됐다.

한주혁이 마렌에게 그것을 던져줬다.

"이것도 챙겨."

특별한 분비물. 그리고 특별한 껍데기. 이 두 가지를 챙겼다. 그 와중에 어떠한 함정이나 몬스터는 나타나지 않았다.

다만.

'점점…… 수증기가 짙어지는데.'

점점 짙어졌다. 한주혁의 몸에 어떤 영향을 끼치는 건 아니었지만, 시야를 가릴 정도는 되었다. 굉장히 짙은 안개가 낀 것 같았다.

한주혁이 말했다.

"에르간 님은 뭐, 단서 찾은 거 없죠?"

없으면 그냥 진행하면 된다. 그러려고 했다. 그런데 조금 이상했다.

"내가 아직도 에르간으로 보이니?"

분명히 에르간이 말을 했는데, 에르간의 목소리가 아니었다.

그 말에 마렌의 얼굴이 또 새하얗게 질렸다. 여태까지 죽음의 공포를 느꼈다면 지금의 공포는 완전히 다른 느낌이었다.

'뭐, 뭐, 뭐, 뭐야?'

몸이 바들바들 떨려왔다. 에르간이 아니면 누구란 말인가. 그리고 왜.

'왜 여자 목소리냐!'

울고 싶었다. 어떻게 한 사람의 몸에서 다른 사람의 목소리가 난단 말인가.

'그, 그래! 이, 이건 마법일 거야!'

그래서 마법사인 푸트론에게 물어보려고 푸트론을 쳐다봤는데.

'왜 기절해 있냐!'

푸트론은 이미 기절해 있었다.

푸트론은 마렌에 비해서 비교적 차분하고 침착한 모습을 유지

했었다. 한주혁에게 반쯤 강제로 안겨서 달림을 당할 때도(?) 비교적 괜찮았었다. 그런데 에르간의 입에서 에르간으로 보이냐는 말이 나왔을 때, 기절해 버렸다.

'으아아아……!'

오줌이 조금 마려운 것 같은 느낌이 들었다. 무섭다고 소리칠 수도 없었다. 소리쳤다가는 저 여자(여자인 것 같은)의 목소리가 자신을 향할 수도 있다고 생각했으니까.

'제기랄! 내가 전생에 무슨 죄를 지었길래.'

왜 이렇게, 도대체 어째서 이렇게까지 핍박받는단 말인가. 두반 백작의 막내아들로서 정말 편안하게 살아왔건만. 언제부터인가 삶이 꼬이기 시작했다.

그런데 이상하게도, 적대악의 표정은 여유로웠다. 마렌은 적대악의 표정을 보면서 안도했다.

'어……?'

그는 아직도 적대악이 너무나 무섭다. 파란 손바닥과 빨간 손바닥. 다시는 보고 싶지 않다. 그가 경험했던 모든 삶의 순간들을 통틀어 가장 힘든 시간이었다. 그는 여전히 적대악이 싫다.

'싫긴 싫은데…….'

묘하게 안도감이 들었다. 묘하게 안정감이 있었다. 뭐랄까, 정확히 표현하기는 어려운데 싫어도 가서 복종하고 싶은 그런 느낌이랄까.

적대악이 말했다.

"에르간이 아니니?"

한주혁은 딱히 놀라지 않았다. 올림푸스 세계는 어떤 일이 벌어질지 모르는 세계다. 한주혁은 정신 지배에 탁월하면서, 아직까지도 정확한 능력이 밝혀지지 않은 태르민에 대해서도 이미 알고 있는 상태다.

'태르민?'

태르민인가. 그 역시 적대악의 자리를 노리나. 일단은 그렇게 가정했다. 하지만 아닌 것 같았다.

'여태껏 음지에서 활동했는데. 갑자기 모습을 드러낼 이유도 없어.'

모르긴 몰라도 에르페스 제국과 합작하여 분명 어떤 일들을 꾸미고 있을 텐데. 현실에서도 FBI를 비롯한 각국 정보부들의 추격을 받고 있을 텐데. 여기까지 쫓아와서 수작을 부릴 여유는 없지 않을까. 그렇게 판단했다.

'내가 절대악이라는 사실을 안다면 모를까.'

그게 아니라면 굳이 이럴 필요 없다. 그런데 그때 비명 소리가 들려왔다.

"으어어어어억!"

마렌이 비명을 질렀다. 마렌의 몸에서 구더기가 나오기 시작했다.

한주혁이 인상을 찡그렸다.

"괜찮냐?"

"으어어어어어!"

몸 상태는 괜찮아 보였다.

'구더기가 갑자기 왜.'

구더기인지는 모르겠다. 구더기 형태의 몬스터들인 것 같다. 몬스터로 분류되는 게 아닌지, 몬스터 명도 뜨지 않았다.

'아.'

한주혁은 알 수 있었다.

"그게 단서가 아닌 모양이네."

마렌에게 명령했었다. '특별한 분비물'과 '특별한 껍데기'를 주워 오라고. 퀘스트 클리어에 있어서 어떤 역할을 할 수 있지 않을까 해서.

그렇게 생각했었는데 그게 아닌 듯했다.

'거기서 구더기들이 피어오르고 있어.'

구더기들에게 공격 능력은 없는 것 같기는 했다.

결국, 마렌도 정신을 잃었다. 자신의 몸을 꾸물대며 기어 다니는 구더기들을 맨정신으로는 볼 수 없었던 모양이다.

"에르간이 아니면. 넌 누구냐?"

에르간의 몸에서, 또다시 여자의 목소리가 들려왔다.

"내가 누군지 알고 싶니?"

한주혁이 어깨를 으쓱했다. 에르간이 또 말했다.

"애석하지만 알 수 없을 거야. 알기 전에 죽을 테니까."

"날 죽인다는 말. 정말 많이 들었었는데."

툭하면 죽인단다. 툭하면 두고 보잔다. 툭하면 이제 끝났단다. 이런 말은 절대악일 때 하도 많이 들어서 별로 새롭지도 않다.

한주혁이 고개를 살짝 옆으로 틀었다. 한주혁의 뺨을 스치고 무언가가 지나갔다. 종이 한 장 차이로 무언가를 피했다.

정말 짧은 시간이었지만 한주혁은 정확하게 볼 수 있었다.

'방금 그건.'

촉수 같은 게 지나갔다. 동굴 벽을 뚫고서.

한주혁이 씨익 웃었다.

'그런 거냐?'

이제 대충 알겠다. 아주 작은 단서였고, 순식간에 지나간 물체지만 한주혁은 저 물체가 뭔지 알 수 있었다.

"너도 곤충이냐?"

아까. 그러니까 '침묵의 초원'에서와는 약간 달랐다. '침묵의 초원'에서 몬스터들은 땅속에 숨어 있다가 갑자기 나타나 공격을 했었다.

"지금 여기는 땅굴이니까."

땅굴이다. 사방팔방이 뚫려 있는 초원과는 다르다. 발밑도 땅이고, 말하자면 벽면도 땅이고, 하늘 대신 땅이 있다. 쉽게 말해, 땅으로 둘러싸여 있다. 땅굴 속이니까.

한주혁이 오른손을 들어 올렸다. 무언가를 낚아챘다.

"네가 진짜냐?"

'커팅 웜' 혹은 '웜 킹'과 같은 형태의 공격.

"어쩐지 웜 킹이 보스 몹치고 약하더라니."

그리고 웜 킹이 나타났던 땅굴과 이어지는 필드. 웜 킹의 서식처. 그리고 여자 목소리.

"네가 진짜 웜 퀸인가 보네."

그때 알림이 들려왔다.

-'지하 땅굴'의 주인을 파악하는 데 성공하였습니다.

-히든 지역. '지하 땅굴'의 명칭이 변경됩니다.

-히든 지역. '지하 땅굴'이 히든 지역. '웜 네스트'로 변경됩니다.

한주혁이 오른손에 힘을 꽉 주었다. 초록색 피가 터져 나왔다. 커팅 웜들과 마찬가지로, 녹색 산성의 독극물이었다.

에르간이 크게 웃었다.

"기고만장하구나."

에르간이 한주혁을 노려봤다. 입은 웃고 있되, 눈은 웃지 않았다. 눈빛만 보면 한주혁을 찢어 죽일 수 있을 것 같았다.

"한낱 사냥감 따위가. 감히 내 남편을 죽인 거니?"

한주혁이 콧잔등을 매만졌다.

"네 이름이 적대악이니? 그렇게 말하는 것을 들었는데."

한주혁은 그에 대답하지 않고 잠시 상황을 파악해 봤다.

'구더기, 습기, 정신 지배를 당한 에르간.'

뭘까. 마법형 몬스터는 아니었던 것 같은데.

한주혁의 눈이 뭔가를 발견했다.

'아.'

주혁은 구더기 중 몇 마리가 마렌의 몸속으로 들어가는 것을 확인했다. 기생충인 것 같다.

'에르간도 기생충에 당한 것 같은데.'

상황 파악은 끝났다. 마법 몬스터가 아닌, 기생충을 부리는 몬스터다.

"너 근데 어디 있냐?"

본체의 위치도 모른다. 이곳은 굉장히 넓은 땅굴로 짐작된다. 광역 탐지나 심안이 있으면 모를까, 지금은 웜 퀸의 위치를 파악할 방법이 없다.

한주혁에게 또 알림이 들려왔다.

-보이지 않는 악 속성 공격이 플레이어의 신체를 구속하려 합니다.

-루덴의 천 갑옷이 플레이어의 무자각 상태를 인지합니다.

-세인트 가드의 호칭 유무를 확인합니다.

-세인트 가드 호칭을 확인합니다.

보이지 않는 악 속성 공격. 루덴의 천 갑옷. 세인트 가드의 호칭. 그것들이 한 가지 조건을 이루었다.

-특별한 조건을 만족합니다.
-루덴의 천 갑옷의 숨겨진 능력이 발현됩니다.

한주혁이 고개를 갸웃했다.
'숨겨진 기능? 그런 게 있었나?'

-루덴의 천 갑옷의 특수 능력. '루덴의 눈'이 발현됩니다.

특수 능력이 발현됐다. 그러자 새로운 알림이 들려왔다.

-악 속성 기생충 '비트라'가 몸속에 침투하려 합니다.

악 속성 기생충 '비트라'라는 놈이 있단다.
'오호?'
세계 12대 초인의 아이템. 이거 갖고 있으면 있을수록 그 진가를 발휘하는 것 같다.
어떤 악 속성 공격인지에 대한 정보까지 넘겨줬다. 심지어는 '비트라'에 대한 간략한 정보를 활성화 시킬 수도 있었다.

<비트라>
마계에 서식하는 마계 벌레. 덥고 습한 곳에 서식하며 육안

으로 확인이 불가능한 기생충입니다. 숙주의 뇌에 파고들어 숨는 습성을 가지고 있습니다. 비트라는 숙주의 행동을 제어할 수 있는 특수한 능력을 가졌습니다. 신체에 위해를 가하지는 않지만, 감염이 되어 있는 동안 숙주의 기억은 삭제됩니다.

한 가지는 확실했다.

'저 구더기들이 비트라는 아니네.'

구더기들은 눈에 보인다. 비트라라는 놈들은 눈에 보이지 않는다.

'그럼 저것들은?'

한주혁이 구더기들을 쳐다보자 또다시 루덴의 천 갑옷이 반응했다. '루덴의 눈'은 악 속성 개체에 대하여 반응하는 능력인 듯했다.

\<비트라도\>

마계에 서식하는 마계 벌레. 비트라의 알에서 부화한 뒤 성공적으로 성장하지 못한 개체입니다. 숙주의 뇌에 파고들어 숨는 습성을 가지고 있으며 일정 시간 동안 숙주의 모든 감각을 차단합니다. 비트라도에 감염되면 숙주는 일정 시간 기절하게 됩니다.

'이야, 좋네……!'

일반적으로 시스템에서 표기해 주는 간략한 정보보다 훨씬 더 자세한 정보를 얻을 수 있게 됐다.

이 정도면 적어도 악 속성 개체의 정보 파악은 오히려 팬더보다도 더 빠르게 할 수 있지 않겠는가.

'말하자면 비트라가 좀 더 진화된 개체. 그리고 제대로 성장하지 못한 놈들이 저 구더기들.'

비트라. 비트라도. 그런 이름이 뭐가 중요하겠는가.

'중요한 건.'

뭐가 어찌 됐든, 저 기생충들은 숙주의 신체에 위해를 가하지는 않는다는 뜻이다.

게다가 한주혁은 놓치기 쉬운 한 가지의 단서도 캐치했다.

'마계 벌레라.'

한주혁은 이미 마계와 어느 정도 연관을 가지고 있다. 마계 서열 2위. 데미안과도 접점을 가지고 있지 않은가.

'재미있는 건. 데미안과 대도 블랙도 접점을 가지고 있다는 것.'

여기저기서. 클래스와 캐릭터 시나리오에 따라 산발적으로 이루어지고 있지만 어쨌든 연관이 없지 않은 퀘스트들이 동시다발적으로 이루어지고 있다.

'내가 절대악이면서 적대악이니까.'

덕분에 퀘스트의 흐름을 좀 더 구체적이고 객관적으로 볼 수 있는 상황이다. 올림푸스의 시나리오는 분명히 큰 줄기 안에서, 하나의 흐름을 가지고 진행되고 있다.

-비트라가 침투에 실패합니다.

한주혁이 말했다.

"네가 믿던 게 비트라였냐?"

"특별한 힘을 가지고 있구나. 사냥감 주제에."

'사냥감'이라는 말이 나옴과 동시에 에르간의 입에서 침이 흘러나왔다.

그와 동시에 또다시 여기저기서 촉수가 튀어나왔다.

눈에 보이지도 않는 속도. 한주혁의 몸도 천천히 움직였다. 물론, 한주혁의 입장에서 천천히다. 지금은 기절해 있는 푸트론이나 마렌의 눈으로 보면 움직이는 것이 보이지도 않을 정도다.

주혁은 아주 조금씩, 최소한의 동작으로 쉽게 쉽게 촉수들을 피해냈다.

'점점……'

앞이 보이지 않았다. 수증기가 더욱 짙어졌기 때문이다. 이수증기들은 마치 안개처럼 한주혁의 시야를 가렸다. 그는 현재 심안을 사용할 수 없는 상태. 에르간의 형태도 거의 보이지 않게 됐다. 목소리만 들려왔다.

"네놈을 산 채로 뜯어 먹을 거란다. 조금씩 조금씩. 사냥감이 발악을 했으니 그 고통을 충분히 느껴야지."

에르간이 흐느꼈다. 입에서는 침이 흘러나오고 눈에서는 눈물이 흘러나왔다.

"내 남편을 죽여?"

에르간의 흐느끼는 목소리가 점점 커졌다.

"3일만 더 크면……!"

에르간이 절규했다.

"내가 맛있게 잡아먹으려고 했단 말이다!"

그러고는 미친 사람처럼 빠르게 중얼거렸다.

"내 맛있는 남편을. 내 맛좋은 남편을. 내 남편을……!"

그렇게 한참을 중얼거리다가 이렇게도 중얼거렸다.

"적대악, 적대악. 내가 씹어 먹어줄게. 이제, 넌 눈도 보이지
않지? 이 순간을 기다렸단다. 이제 널 결코 편안하지 않게 죽
일 거야. 죽여줄 거야. 황홀하게, 예쁘게, 아름답게, 살점을 찢
어줄게. 으히히히히히!"

그때 한주혁이 말했다.

"내가 아직도 적대악으로 보이니?"

9장
웜 네스트

한주혁이 씨익 웃었다.

"내가 아직도 적대악으로 보이니?"

한주혁은 더 이상 적대악 앤서가 아니었다. 적대악 앤서가 아닌, 절대악 아서로 돌아왔다.

'아. 좋다.'

역시.

'부캐보다는 본캐지.'

부캐가 아무리 좋아도 그래 봤자 부캐 아니겠는가. 세컨은 퍼스트를 따라갈 수가 없다.

"눈이 안 보인다고 했니?"

이럴 때 아주 좋은 게 있다.

-스킬. 심안을 사용합니다.

"본체는 어디 있니?"

-스킬. 광역 탐지를 사용합니다.

이렇게 좋을 수가 없다. 이 거대한 땅굴. 그러니까 '웜 네스트'의 전체적인 지형이 머릿속에 입력되었다.

"아. 이렇게 생긴 거니?"

한주혁을 향해 촉수들이 쇄도했다.

눈으로는 보이지 않지만, 심안에 그것들이 고스란히 잡혔다. 눈으로 보지 않아도 보인다. 눈으로 본 것보다 훨씬 더 선명하게 한주혁의 머릿속에 저절로 입력된다. 이것은 숨을 쉬는 것만큼이나 너무나 자연스러운 일이어서, 한주혁은 크게 힘을 들일 필요도 없었다.

왼손을 가볍게 들어 올리고 오른손도 가볍게 들어 올렸다.

팍!

소리와 함께 초록색 액체가 튀었다.

가벼운 동작만으로 촉수들을 굉장히 쉽게 피해냈다. 제삼자가 보기에는 아예 움직이지 않는 것처럼 보일 정도였다.

-스킬. 파천보법을 사용합니다.

마치 촉수가 언제 어디서 어떻게 다가올지 미리 알고 있는 사람처럼. 빈 공간을 기가 막히게 찾았다.

한주혁은 비로소 풍족한 만족감을 느낄 수 있었다. 그래, 이거지. 이게 보법이지. 이게 심안이고 이게 광역 탐지지. 역시 본캐가 갑이지.

한주혁이 씨익 웃었다.

"왜 이렇게 느리니?"

말하자면 공격이 오면 피하는 게 아니라, 이미 피해놓고 공격이 지나가길 기다리는 것 같은 느낌에 가까웠다.

앙칼진 목소리가 들려왔다.

"뭐라고 중얼거리는 것이야! 사냥감 주제에!"

공간을 가득 채운 수증기가 부글부글 끓기 시작했다. 수증기에서 기포가 생겼다. 점점 더 뜨거워졌다.

"네 살점을 모조리 찢어 먹고 말 것이야!"

"그러니?"

한주혁은 또 다른 스킬도 사용했다.

"위압이라고 아니?"

-스킬. 위압을 사용합니다.

그와 동시에 마렌과 푸트론을 뒤덮고 있던 구더기들이 순식

간에 도망쳤다. 틈을 찾아서, 구멍을 찾아서. 엄청난 속도로
사라져 버렸다.

"무, 무, 무, 무슨 짓을 한 거야!"

"위압이라고 모르니?"

악/마 속성 개체에게 극도의 공포감을 선사하는 절대악의
히든 스킬. 그 위압이 빛을 발했다.

'어라.'

에르간이 도망치기 시작했다.

"거기 안 서니?"

그 말에 에르간이 우뚝 멈춰 섰다. 여전히 눈으로는 보이지
않았다. 수중기가 너무 짙었다. 그래도 한주혁의 심안에는 또
렷하게 잡혔다.

"지금 겁먹었니?"

아까의 에르간은 없었다.

"닥쳐!"

에르간이 힘겹게 발을 뗐다. 어떻게든 멀어지려 애썼다. 한
주혁이 잡아끌고 있는 것도 아닌데, 정말로 힘겹게 걸음을 옮
겼다.

한주혁도 걸음을 옮겼다.

'얘가 성좌 퀘스트의 보스 몹?'

아닐 거라는 생각이 든다.

'절대악에게 너무 쉬운데?'

적대악이 아닌, 절대악에게 너무 쉬운 몬스터다. 성좌 퀘스트는 적대악에게 쉬운 퀘스트여야 한다.

'성좌 퀘스트가 아닌가.'

모르겠다. 좀 더 진행해 봐야 알 것 같았다. 성좌 퀘스트면 좋겠는데.

'그래야 꿀 아이템을 줄 텐데.'

한주혁이 걸음을 옮기는 사이.

"끼야아아아아아아아아악!"

하이톤의 비명을 지르며 에르간이 도망쳤다. 히든 스킬 위압 앞에서, 악 속성 마계 생물체는 제대로 서 있을 수조차 없었다.

'어라.'

자세히 보니.

"아……."

흔히들 하는 말이 있다. 예전부터 쓰기는 했는데, 요즘 특히 많이 쓰기 시작한 말이다.

'지렸네…….'

표현상 지렸다는 게 아니라 정말로 지렸다. 에르간의 바지에서 누런색 액체가 뚝뚝 떨어졌다.

한주혁의 오감은 일반인의 오감과 완전히 다르다. 하물며 심안까지 펼치고 있는 상태. 마음먹고 오면 저 액체의 이동 경로까지도 꿰뚫어 볼 수 있다.

그때 털썩, 하는 소리가 들려왔다. 에르간의 몸이 넘어지더니, 간헐적으로 들썩였다.

한주혁은 에르간에게 가까이 다가갔다.

'완전히 기절했네.'

H/P는 멀쩡했다. 마렌과 푸트론도 기절은 했지만 H/P는 안정적인 상태. 목숨에 지장은 없는 것 같다. '루덴의 천 갑옷'이 말해줬듯, 신체에는 그다지 큰 이상을 불러일으키는 기생충들은 아닌 모양이다.

한주혁이 주변을 둘러봤다.

"도망쳤나?"

더 이상 하이톤의 목소리는 들리지 않았다. 숙주를 완전히 포기하고 도망쳤다. 웜 퀸이라 짐작되는 개체도 보이지 않았다.

한주혁이 주변을 한 번 둘러봤다. 광역 탐지를 통해 땅굴의 지도를 머릿속에 집어넣고, 거대한 개체가 움직이는 것을 살폈다.

'깊게도 파고든다.'

이 땅굴. 웜 네스트라 이름 붙인 이 필드의 끝이 어디인지 모르겠다.

'적어도 지하 600미터 이상은 파고들어 간 것 같은데.'

엄청난 속도로 땅굴을 파고 있다. 밑으로, 밑으로, 계속해서 파 내려가고 있는 중이다. 안타까운 것은 한주혁이 그것을 눈으로 지켜보듯 훤히 꿰고 있다는 것.

"음."

땅굴을 파고 깊게 들어가고 있는 '웜 퀸'을 잡기 위해서는……

"또 이만한 게 없지."

-스킬. '깊고 깊은 웅덩이를 파는 마법'을 사용합니다.

공용마법인 파이어 볼을 사용해도 일반 마법사들 궁극기 이상의 효과를 내는 한주혁이다. 그 한주혁이 '깊고 깊은 웅덩이를 파는 마법'을 사용했다.

순식간에 깊은 웅덩이가 생겼다.

-스킬. '깊고 깊은 웅덩이를 파는 마법'을 사용합니다.
-스킬. '깊고 깊은 웅덩이를 파는 마법'을……

웅덩이가 계속해서 생겼다.

웜 퀸도 그걸 느꼈다.

쉬이이이이이이익-!

웜 퀸이 웜 킹과 비슷한 소리를 냈다. 몸에 달린 수많은 입들이 녹색 침을 분비하여 땅을 녹이고, 수많은 발들이 엄청나게 빠르게 움직였다.

쉬이이익!

웜 퀸의 몸짓에는 절박함이 가득했다.

살아야 해. 살아야 한다. 도망쳐야 해. 도망쳐야 한다.

절대악이 주는 위압감과 공포감은, 느껴본 적도 없는 강력한 종류의 것이었다.

쉬익-! 쉬익-! 쉬익-!

이쯤 되면 이제 못 찾겠지. 이렇게 깊게 땅굴을 팔 수 있는 인간은, 이 세상에 존재하지 않을 거야.

웜 퀸은 그렇게 판단했다. 거친 숨을 몰아쉬었다. 기진맥진한 상태. 태어난 이래로 이렇게 빨리 땅굴을 판 적이 없는 것 같다. 어쨌든 도망은 성공했다고 생각했다.

그런데 그때 끔찍한 목소리가 들려왔다.

"땅굴은 다 팠니?"

웜 퀸의 몸이 움찔 떨렸다. 몸체가 워낙 거대해서 살짝 움찔했건만, 온몸이 덜썩거리는 것처럼 보였다.

"놀랐니?"

한주혁이 씨익 웃었다.

"내가 아직도 적대악으로 보이니?"

보아하니 기생충을 활용했을 때에는 인간의 언어를 구사할 수 있지만, 거대 벌레의 형태를 하고 있을 때에는 언어를 쓸 수 없는 모양이다.

웜 퀸의 입에서 녹색 침이 뚝뚝 흘러나왔다.

쉬이이이익-!

다시금 땅굴을 팠다. 아니, 파려고 했다. 그런데 몸이 움직이지 않았다.

"아까는 멀리서 느꼈잖아. 위압을."

그런데 지금은 아니다. 눈앞에서 느끼고 있다.

웜 퀸의 온몸이 경직됐다.

웜 퀸은 이해할 수 없었다. 여길 도대체 어떻게 온 거지. 내가 있는 곳을 어떻게 알았지. 여긴 내가 100년 동안 땅을 판 곳인데. 이렇게 찾아올 수 없는 곳인데. 인간은 탈출구조차 찾을 수 없을 정도의 미로 같은 땅굴인데.

"그래도 넌 애초에 웜 퀸이잖아?"

아까 침묵의 초원에서 나타났었던 웜 킹은 굉장히 끔찍한 과정을 거쳐서 웜 퀸이 되었었다. 터진 곳이 계속 터졌었다.

그에 반해 웜 퀸은 상황이 괜찮은 편 아니겠는가. 적어도 웜 킹처럼, 반복해서 터질 부분은 존재하지 않으니까. 웜 킹처럼 괴로움에 발버둥 치며 게거품을 물 일은 없을 테니까.

"안 아프게 끝내줄게."

여기까지 왔으니, 시간을 오래 끌 필요는 없다.

'아수라극천무가 적당하겠지?'

웜 퀸은 무엇인가를 느꼈다. 그것은 죽음의 공포였다.

이럴 수는 없다. 한낱 사냥감에게 반대로 사냥당할 수는 없다. 웜 퀸이 발악했다.

웜 퀸의 몸이 붉게 물들기 시작했다. 온몸이 붉게 변했다. 표면에서 무언가가 끓어오르기 시작했다.

'용암 같네.'

껍데기에서 용암이 끓고 있는 것만 같은 그런 느낌이었다.

'과연 보스 몹이라 이건가.'

보아하니 웜 킹은 그저 눈 가리기고, 진짜 보스 몹은 웜 퀸이다. 웜 퀸이 그랬다. 3일 후에 웜 킹을 잡아먹으려고 했다고. 분명 숨겨진 뭔가가 있다.

쉬이이이이익-!

소리와 함께 웜 퀸의 크기가 작아지기 시작했다.

전체 길이 100미터가 넘는 거대한 웜 퀸의 크기가 축소됐다. 90미터, 80미터 그리고 이내 10미터까지. 굉장히 단단해 보이는, 표면이 끓어오르는 붉은 껍질을 가진 새로운 개체로 변했다.

'저 뿔 같은 게 주 공격 수단인가?'

사슴벌레처럼, 집게 가위 비슷한 모양의 거대한 뿔 두 개가 달려 있는 벌레 형태. 뿔 사이에 검은색 마나가 파지직-! 스파크를 튀기고 있었다.

-보스 몬스터. '웜 퀸'의 형태가 변화합니다.

-보스 몬스터. '웜 퀸'의 숨겨진 능력이 발현됩니다.

-보스 몬스터. '웜 퀸'의 모든 능력치가 대폭 상향 조정됩니다.

-보스 몬스터. '웜 퀸'의 이성이 마비됩니다. 일시적으로 위압의 영향에서 벗어납니다.

보스 몬스터 웜 퀸의 진짜 능력이 드러난 셈이다.

'응. 그래.'

그래서 사용했다.

-스킬. 아수라극천무를 사용합니다.

결과는 단순했다.

-웜 퀸을 사냥하였습니다.

에르간, 마렌. 그리고 푸트론은 전부 비슷한 시각에 정신을 차렸다.

"어……?"

"여기가 어디지."

에르간이 중얼거렸다.

"기억이…… 없다."

기억은 없는데, 바지가 축축하게 젖어 있었다.

'헉……!'

빠르게 다른 아이템으로 환복했지만 이미 마렌과 푸트론은 보고 말았다. 에르간이 기절한 상태로 오줌을 쌌다는 사실을 말이다.

마렌이 푸트론에게 물었다.

"무슨 일이 일어난 거지?"

"저도 전혀 기억이 나지 않습니다."

마렌의 손에는 '특별한 껍질'과 '특별한 분비물'만이 들려 있는 상태. 에르간도 상황을 이해할 수 없었다.

'적대악은 어디에……?'

적대악도 보이지 않았다.

'이건…… 땅굴?'

굉장히 깊은, 깊이가 어느 정도 되는지 알 수 없을 정도의 깊은 땅굴이 만들어져 있었다.

'도대체 무슨 일이 일어난 거냐.'

알 수 없었다. 기억을 누군가가 강제로 삭제한 것 같았다. 그런데 그때 구멍에서 누군가 모습을 드러냈다.

"헉……!"

적대악이었다. 적대악 앤서가 모습을 드러냈다.

앤서가 이렇게 말했다.

"정신 지배를 하는 보스 몹이 나타나서 처리하고 왔네요."

"정신 지배…… 말입니까?"

에르간은 믿을 수 없었다. 언제? 나도 모르는 사이에?

"이곳 지하에 웜 퀸이라는 놈이 있었거든요."

한주혁이 인벤토리에서 뭔가를 꺼냈다. 이름은 '특별한 뿔'이었다. 웜 퀸의 뿔이라는 설명이 딸려 있었다. 웜 퀸을 사냥한 것에 대한 증거물이라 볼 수 있었다.

"이 땅굴은…… 뭡니까?"

"도망치면서 뚫더라고요."

사실 웜 퀸이 도망치면서 뚫은 건 아니다. 한주혁이 마법으로 뚫었을 뿐이다.

"이 안으로…… 쫓아 들어가서 잡으신 겁니까……?"

마법사가? 직접? 맨몸으로? 이렇게 깊은 땅굴을 파는, 그것도 성좌 퀘스트의 히든 보스 몬스터를? 어떻게?

에르간은 혼란스러웠다.

'적대악이 강하다는 건 알았지만…….'

그건 이미 알고 있는 사실이다. 그런데 이건 너무나 상상 이상이다. 자신을 비롯하여 푸트론과 마렌도 전부 정신을 잃었다. 그런데 적대악은 멀쩡했다. 그 정도의 클래스 차이가 있다는 것을, 인정할 수밖에 없었다.

"진정…… 상상 이상이군요."

그런데 마렌은 거기서 이상함을 느꼈다.

"근데 여기…… 이상하게 너무 덥지 않아요?"

원래부터 덥기는 했다. 그런데 점점 더 더워졌다. 이건 단순히 덥다고 표현할 수 있는 문제가 아니었다. 거의 쪄 죽을 것만 같았다.

한주혁이 굉장히 쉽게 말했다.

"아. 밑에서 용암이 끓어오르고 있거든요. 계속 차오르고 있어요."

웜 퀸을 잡은 순간. 한주혁은 깨달았다. 이건 단순히 웜 퀸을 잡아야 클리어되는 퀘스트 필드가 아니다. 뭔가 다른 것이 숨겨져 있다.

마렌이 발을 동동 굴렀다.

"그, 그, 그럼 어떡해요?"

돌아버리겠다. 오늘 도대체 생명의 위협을 몇 번 느끼는 거냐 말이다.

문득, 마렌은 다시 한번 이상하다고 느꼈다.

'어……?'

이상하게도.

'그렇게 불안하지가 않네?'

뭐랄까.

'또 묘한 안도감이…….'

이해할 수 없지만, 묘한 안도감이 들었다. 바로 발밑에서 용암이 끓어오르고 있다고 하는데. 왜 안도감이 드는 걸까.

그때 적대악이 말했다.

"아무래도. 던전 클리어의 요체는 따로 숨겨져 있는 모양입니다."

에르간이 재빨리 물었다.

"그게 뭐죠?"

마렌은 은근히 기대했다. 적대악이 어떤 대답을 할지. 어떤 유연한 모습으로 의연하게 대처할지. 생명의 위협을 느끼는 와중인데도, 이상하게 그런 기분이 들었다.

한주혁이 대답했다.

"한번 찾아봅시다."

사실 한주혁도 방법을 모른다. 마렌이나 푸트론. 그리고 에르간과 마찬가지로 한주혁도 지금 여기에 처음 들어오는 거다.

에르간이 되물었다.

"……예?"

"저도 몰라서요."

푸트론은 묻고 싶었다.

'모르는데 어떻게 저렇게 태평한 거지?'

모른다고 말을 하고는 있는데 알고 있는 것 같다. 태도만 보면 그렇다.

마렌이 물었다.

"아니, 적대악 님. 왜 그렇게 태평해요? 용암이라잖아요, 용암!"

용암 몰라요? 용암. 그거 닿으면 사람 죽어요. 묘한 안도감이 드는 것과는 별개로 일단 용암은 무서운 것 아니겠는가. 땅굴에 용암이 가득 차면 자신은 무조건 죽지 않겠는가.

'뭐 저리 태평해!'

설마하니.

'용암에 닿아도 안 죽는다. 뭐 이런 건 아니겠지?'

인간인 이상 그럴 수 없지 않은가. 이건 상식이다. 상식 중의 상식.

한주혁이 어깨를 으쓱했다. 슬프게도(?) 마렌의 상상은 사실이었다.

'용암. 까짓거 뭐.'

현실에서의 용암도 아니고 올림푸스 세계에서의 용암이다. 어떻게든 되지 않겠는가. 큰 위협이 느껴지지는 않았다.

"일단 이동합니다. 여기는 지대가 낮아서 용암이 금방 차오를 겁니다."

에르간도 잠자코 한주혁의 뒤를 따랐다. 이미 클래스의 차이를 실감했다. 한주혁의 말에 딴지를 걸지 않았다.

마렌은 덜덜 떨면서 한주혁의 뒤를 따랐다.

"저희…… 좀 뛰어야 하는 거 아닌가요?"

용암이 뒤쫓아 오고 있다고 생각하니 두렵기 짝이 없다.

"어. 괜찮아."

용암이 순식간에 차오르는 건 아니다. 오히려 적당히 체력을 안배하면서 걷는 것이, 마렌과 푸트론을 위해 좋다.

"괜히 뛰다가 네가 숨차면? 내가 업어야 되나?"

그럴 바에야.

"그냥 버리고 간다."

그 말에 마렌은 입을 꾹 다물었다. 천둥벌거숭이 같던 마렌은 한주혁 앞에서 아무런 말도 못 했다. 이 와중에도 푸트론은 그러한 마렌을 보면서 정말로 신기해했다.

'어떻게 사람이 저렇게 변할 수 있지?'

마렌은 말 그대로 망나니였다. 두반 백작을 아버지로 둔 그를 컨트롤할 수 있는 사람은 없었다.

그런데 적대악은 달랐다.

'마렌 경을 완벽하게 컨트롤할 수 있는 사람이 있다니.'

두반 백작조차도 저렇게는 못 한다.

'심지어…… 그게 NPC가 아니라 플레이어라니.'

적대악을 볼 때마다 감탄이 절로 났다. 이런 플레이어가 존재한다는 사실이 놀라웠다. 지금도 굉장히 여유롭지 않은가.

'일부러 저렇게 여유로운 태도를 취하고 있는 것이 틀림없다.'

흥분하면 마렌 경과 자신을 컨트롤할 수 없다는 것을 잘 알고 있는 사람 같았다. 오히려 편안한 태도를 보이면서 이쪽을 안심시켜 주고 있다. 조금만 신경에 거슬려도 날뛰며 폭주하는 마렌은 이제 없었다.

'지도자에…… 잘 어울린다.'

소문으로는 대충 들었다.

'절대악이 대군주라지.'

절대악이 시스템적으로 '대군주'라는 칭호를 얻었다는 것을 알고 있다. 그런데 푸트론이 보기에는 아니었다.

'정말로 대군주에 어울리는 자는…… 절대악이 아니라 적대

악이다.'

확실했다. 푸트론은 그렇게 생각했다. 적대악은 절대악에 대항하기 위하여 만들어진 클래스다. 그리고 저 적대악은 절대악에게 충분히 대항할 수 있을 거라고 생각했다.

'스스로도 지금 불안하겠지.'

그렇지만 전혀 티가 나지 않는다. 속마음을 완전히 감추고 있다. 푸트론이 보기에 정말 대단한 일이었다.

그에 반해, 한주혁은 그냥 걸었다.

'이 근처였었는데.'

실제로 그는 위기감을 별로 느끼지 않고 있는 중이다.

근처에 나비가 한 마리 날아온다고 해서 공포감을 느끼는 사람은 별로 없다. 한주혁은 그런 것으로 공포를 느끼지 않는다. 용암이 다가오는 거, 딱 그 정도다.

한주혁이 말했다.

"이 근처에…… 공터 형태의 필드가 있습니다."

아까 광역 탐지를 통해 살폈었다. 심안을 통해 이쪽으로 특정한 형태의 마나 흐름이 이어진다는 것도 알아낸 상태.

에르간이 물었다.

"공터 형태의 필드…… 말입니까? 그게 어떤 의미가 있습니까?"

"특정한 형태의 마나 흐름이 그쪽으로 계속해서 이어지더군요."

보스 몬스터 '웜 퀸'을 잡았는데도 클리어가 진행되지 않았다. 뭔가 더 있다는 얘기다.

"제가 쭉 돌아보니까 이곳 웜 네스트에서 약간 인공적인 냄새가 나거든요."

에르간은 순간 그 말을 이해하지 못했다.

'인공적인 냄새?'

그는 그걸 전혀 느끼지 못했다. 무슨 말인지 모르겠다.

적대악의 말이 들려왔다.

"누군가 웜 네스트를 설계하여 만든 것이 아닌가 싶어서요. 모양새가 그래요."

말하자면 곤충인 웜 퀸 혼자서 땅을 판 것 같지는 않다. 웜 퀸이 땅을 파고 도망치는 장면을, 광역 탐지를 통해 이미 봤다.

"그 덩치로 이 좁은 통로를 파는 것이 가능해 보이지는 않는군요."

웜 퀸의 굴삭 능력은 발군이지만, 이렇듯 작은 통로를 팔 수는 없다.

한주혁이 벽면에 손을 댔다.

"사람이 지나다니기에. 딱 좋은 통로네."

에르간의 눈에 벽면이 들어왔다. 지하 땅굴이기는 지하 땅굴인데.

'모양이 굉장히 반듯하다?'

여태까지는 몰랐다. 뒤에서 용암이 쫓아오고 있다는 것만 생각하고 있었을 뿐. 언제부터인지는 모르겠지만, 통로의 모양이 반듯한 아치형을 그리고 있었다.

한주혁이 말했다.

"이제 무슨 말인지 이해됐죠?"

"……."

에르간이 고개를 끄덕였다. 힘겹게 물었다.

"……성좌 퀘스트 던전이 처음이십니까?"

"저는 성좌가 아니었으니까요. 처음이 맞을 수밖에요."

적대악 앤서로서는 처음이 맞다. 절대악 아서로 여러 번 플레이했을 뿐.

"실제로 공터가 여기 있군요."

텅 비어 있는 형태의 공간이 나타났다.

한주혁이 씨익 웃었다.

"횃불도 보이네요."

벽면에 횃불이 보였다. 푸트론은 저 횃불이 일반 횃불이 아니라는 사실을 알아차렸다.

"마법횃불입니다."

실제 불이 아니다. 마나를 활용하여 불을 피우고 있다. 마법 횃불이 벽면에 수십 개 이상이 달려 있었다.

푸트론도 할 말을 잃었다.

"……."

그의 수준이 엄청나게 높은 편은 아니라 정확하게는 알 수 없었다. 그렇지만 저 마법횃불들이 거의 영원에 가깝게 피어오를 수 있다는 사실은 대충 알아차렸다.

'마나의 흐름이……'

특별한 구동원이 있는 것도 아니다. 마법횃불 자체가 스스로 마나를 생성해서 그것으로 이곳을 밝히고 있다.

'용암에서 뿜어져 나오는 마나를 정제하여 계속하여 자가발전을 하고 있는 것 같다.'

굉장히 수준 높은 마법이다.

'애초에 이렇게 설계된 곳이야.'

이곳은 '웜 네스트'. 웜 퀸과 웜 킹의 거주 공간. 그런데 이 거주 공간에서 인공적인 냄새가 난다라. 이해하기는 어려운 상황이었다.

한주혁이 마법횃불들을 둘러보다가 무언가를 발견했다.

'설명창 활성화가 가능한 횃불이네.'

저만치 멀리 떨어져 있는 마법 횃불 중 하나. 설명창 활성화가 가능한 마법횃불을 찾았다.

<특별한 마법횃불>

특별한 방식으로 만들어진 마법횃불입니다. 특별한 사용이 가능할 것 같습니다.

에르간도 설명을 살펴보았다.

'특별한…… 을 어지간히도 좋아하는군.'

특별한 분비물. 특별한 껍데기. 그리고 이어지는 특별한 마법횃불까지. 특별하다고는 하는데, 뭐가 특별한지 모르겠다.

'점점 뜨거워지고 있다.'

용암이 조금씩 더 가까워지고 있는 느낌이 들었다. 한주혁도 주변을 훑었다. 단순히 적대악으로서 이곳을 살필 때보다는 훨씬 나았다.

'그래도 광역 탐지로 예습하고 왔더니, 편하고 좋네.'

전체적인 지도가 머릿속에 있는 상황에서 세세하게 살피는 것과 전체적인 형태도 모르는 상태에서 세세하게 살피는 것은 차이가 있을 수밖에 없다.

지금 그의 머릿속에는 이곳 지형이 입력되어 있다. 플레이어들의 기준으로는 '말도 안 되는' 지능 스탯이 그 지형을 정확히 기억하게 만들어주고 있다.

'저기.'

공터 가운데 부근에서 횃불을 꽂을 정도의 인공적인 구멍이 뚫려 있는 것을 확인했다.

한주혁이 성큼성큼 걸었다. 그리고 횃불을 꺼내 들었다.

에르간은 순간 긴장했다.

'……헉!'

보통 저렇게 움직일 수 있도록 만든 물체의 경우, 어떤 트랩이 숨겨져 있게 마련이다. 무언가 위험한 상황이 발생할 수도 있다는 뜻이다.

'아무 일도 일어나지 않았어?'

트랩이 없던 것 같다.

적대악은 굉장히 여유로운 태도로 횃불을 뽑아 들었다.

"왜 그러세요?"

"아, 아무것도 아닙니다."

나비 한 마리가 날아오는데 긴장할 필요는 없다. 한주혁의 상태는 딱 그렇다. 그렇지만 에르간은 오해했다.

'적대악의 진짜 능력은 뭐지?'

신체 능력이 말도 안 된다. 마법 능력도 말도 안 된다. 그런데 지금 보아하니, 함정을 간파하는 능력도 뛰어난 것 같다. 마법사가 맞나 싶을 정도다. 주력은 분명 마법사라고 했는데. 마법으로 간파한 건가?

'반드시 친분 관계를 유지해야 하는 인물이다.'

약간의 희망이 생겼다. 절대악과의 경쟁 구도에서, 성좌들은 늘 패배했었다. 그런데 이젠 적대악이 생겼다.

'별거 아닌 놈일지도 모른다고 생각했는데.'

그런데 아닌 것 같다. 절대악과 싸우기 위해서 반드시 같은 편으로 만들어야만 하는 인물이다.

어쨌든 한주혁은 횃불을 뽑아 들고 걸어가서 공터 중앙 부근에 있는 구멍에 횃불의 나무 부분을 꽂았다.

'역시.'

생각이 맞았다. 인공적인 구멍. 그리고 특별한 설명창 활성화가 가능한 횃불.

알림이 들려왔다.

-특별한 조건을 만족하였습니다.
-'웜 네스트의 거실'이 활성화됩니다.

한주혁은 잠자코 상황을 지켜봤다.

'거실 테이블?'

웜 퀸 정도의 덩치를 가진 몬스터에게 테이블이 필요한가?

그때, 어떤 기계 장치가 있는 것처럼 벽들이 마구 움직이기 시작했다. 어떠한 규칙을 가지고 있는 것 같았다.

한주혁은 그냥 그렇구나, 하고 보고 있는데 푸트론은 그렇지 않았다.

"……."

공간 자체가 변화하고 있다. 시스템적으로 필드가 변하는 게 아니다. 필드는 같다. 그런데 공간이 변화한다.

'마법진도 없이.'

단순히 횃불을 꽂았다는 것만으로도.

'이 정도 규모의 공간이 순식간에…….'

잘 다듬어진, 네모난 공간으로 변했다. 벽면은 대리석 같았다. 벽면이 굉장히 매끈했다.

'그 어떤 마나의 흐름도 없었는데.'

마법횃불을 봤던 그 시점부터. 그는 신세계를 경험하고 있는 중이다.

-'웜 네스트의 거실'은 용암의 위협으로부터 안전한 곳입니다.
-웜 네스트의 거실 테이블이 모습을 드러냅니다.

다리가 세 개 달린 사각형 형태의 테이블이 나타났다.

-'웜 네스트의 거실'이 완벽한 상태로 구동되지 않았습니다.
-'웜 네스트의 거실'이 흔들리기 시작합니다.

미약한 진동이 시작되었다.

한주혁이 말했다.

"이곳을 완벽하게 구동시켜야 용암으로부터 완전히 안전해
질 수 있는 구조네요."

에르간도 그 말에 동의했다.

"……적대악의 말씀이 옳습니다."

말투가 처음보다 훨씬 더 공손해졌다. 그도 진동을 느꼈다.
미약한 지진이 일어난 것 같았다.

에르간이 침을 꿀꺽 삼켰다.

'제대로 클리어하지 못하면…….'

이 거실 자체가 용암에 집어 삼켜지는 형태 같다. 이곳에는
출구가 없다. 출구 없이 용암에 녹아버리는 구조다.

그런데 그때 한주혁이 무엇인가를 꺼내 들었다. 에르간은 그러한 한주혁을 쳐다봤다.

'적대악……?'

그와 동시에 에르간은 깨달을 수 있었다. 적대악이 지금. 무엇을 하려고 하는지 말이다.

'설마……!'

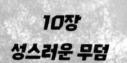

10장
성스러운 무덤

에르간도 약간 이상함을 느끼기는 했었다. 식탁은 사각형 가까운 모습이었는데, 다리가 3개밖에 없지 않았던가. 다리 하나가 부족했던 형태.

'설마…… 저건……'

아까 적대악이 일부러 챙겼었던 것들이 있다. 특별한 분비물. 특별한 껍데기.

'특별한 분비물을 꺼냈다?'

마렌으로부터 '특별한 분비물'을 받아 든 한주혁이 '특별한 테이블'에 가까이 걸어갔다.

한주혁이 테이블 앞에 섰다.

"재질이 거의 같네요."

나무 테이블은 아니다. 가까이서 보니 재질이 거의 같았다.

대보면 알 수 있을 것 같다.

한주혁은 손에 든 '특별한 분비물'을 다시 한번 쳐다봤다.

'이렇게 하면 대충 맞을 것 같은데.'

설명으로 따지면 '특별한 분비물'인데, 일반적인 분비물의 형태라고 보기에는 어려웠다. 처음에 느끼지 않았던가. 쇠창살 대신, 분비물로 이루어진 창살이 있었다고.

'이거면 적당하겠다.'

우연인지는 필연인지 모르겠지만, 눈대중으로 살펴봤을 때 다른 다리들과 똑같은 크기의 '분비물'이 보였다.

한주혁은 확신했다.

'우연이 아니겠지.'

애초에 일부러 이렇게 부서지도록 만들어놓았을 것이다. 침묵의 초원. 지하 땅굴. 그리고 웜 네스트에 이은 웜 네스트의 거실까지. 결국, 계속해서 하나로 이어진다.

한주혁이 씨익 웃었다.

"잘 챙겼다. 마렌."

그 말에 마렌이 화들짝 놀랐다.

"가, 감사합니다."

뭔가. 조금 이상했다. 스스로 뭔가, 조금씩, 이상해지는 것이 느껴졌다.

'뭐지……?'

과거. 충성충성충성이 느꼈었던 그 감정을, 마렌도 똑같이 느끼기 시작했다.

'나는 왜……'

몸이 아주 잠깐, 바르르 떨렸다. 뭐랄까. 시원한 바람이 가슴을 한 번 관통한 것 같은 그런 느낌이었다.

'왜……'

지금은 불안한 상태다. 이 거실 전체가 용암에 가라앉게 생겼다. 그러면 이곳에 있는 모두가 죽는 거다. 마렌의 생각에는, 절체절명의 위기가 맞다. 그런데 어째서.

'왜 나는 기쁜 거냐?'

마렌은 저 남자가 싫었다. 파란 손바닥과 빨간 손바닥으로 자신을 후드려 팼던 그 시점에서. 저 남자는 자신의 둘도 없는 원수였다. 머리로는 그렇게 생각하고 있다. 정말 싫다. 힘만 있었으면 벌써 죽여 버렸을 거다. 감히 두반 백작의 막내아들을 이런 식으로 대하지 않았는가. 분명 머리로는 그렇게 생각하고 있는데.

'왜……!'

몸이 바르르, 바르르 떨렸다. 아까는 시원한 바람이 가슴을 관통한 것 같았다면 지금은 그 시원한 바람이 온몸을 둘러싸고 휙휙 돌고 있는 것 같은 기분이었다. 일종의 청량감까지 느껴졌다.

-'특별한 테이블'의 다리를 완성시켰습니다.

아주 약간 시원해지는 것이 느껴졌다. 말하자면 용암이 멀어졌다는 것을 알려주는 일종의 필드 효과 같았다.

'이게 맞네.'

한주혁은 테이블의 표면을 살펴봤다. 여기저기 흠집이 나 있었다.

에르간이 물었다.

"이 흠집 난 표면은 특별한 껍데기로 덮는 것입니까?"

"그렇지 않을까 싶네요."

한주혁이 손을 내밀었다.

마렌이 달려왔다.

"여기 있습니다."

마렌이 아까 수거했었던 '특별한 껍데기'를 한주혁에게 넘겨 줬다. 파인 곳이 여러 개. 껍데기도 여러 개. 마치 퍼즐을 맞추는 것 같았다.

'일치하는 것들이 꼭 하나씩은 있네.'

아무래도 이건 마렌이 잘했다. 시키지도 않았는데 눈에 보이는 모든 껍데기를 수거해 온 모양이다.

에르간이 물었다.

"적대악이 생각하시기에…… 이 공간은 어떤 공간입니까?"

이 공간. 너무 이상하다. 마법적인 공간. 인공적인 공간. 용암을 막아서고 있는 공간. 그런데 '특별한 분비물'과 '특별한 껍데기'로 테이블을 완성시키는 이 공간.

한주혁이 특별한 껍데기 하나를 집어 크기가 맞는 홈에 맞추었다.

"여기는 보다시피 인공적인 공간입니다. 푸트론, 이곳에서 마법 흐름을 읽었습니까?"

"마법으로 구동되는 것은 확인했습니다. 다만 구동 흐름은 보지 못했습니다."

"이곳에는 마법횃불도 있었죠. 완벽하게, 마법으로 구동되는 마법횃불."

이 모든 것들이 시스템 설정상.

"마법사의 공간이라는 것을 알 수 있죠."

"……."

"그런데 그 마법사가 만들어놓은 테이블이. 웜 퀸의 분비물과 껍데기로 완성이 되는 형태."

그리고 그 마법사의 흔적은 전혀 느껴지지 않는 상태.

"엄청나게 훌륭한 마법사가 하나 있어서, 그 마법사가 이런 공간을 만들어놓았다는 것으로 생각할 수 있겠죠."

다만.

"그 마법사는 존재하지 않을 확률이 높습니다."

마법사가 존재하지 않게 되었다. 그 말은 곧.

"흔적이 전혀 느껴지지 않았습니다. 전혀 찾아볼 수 없었죠. 마치 죽은 사람처럼."

광역 탐지와 심안으로 살펴보았을 때. 그 어떤 마법사의 흔적도 잡히지 않았다. 자신의 실력을 훨씬 뛰어넘는 대마법사라면 모르겠지만 일단 그럴 가능성은 매우 적으니 배제하기로 했다.

한주혁이 아까 광역 탐지와 심안을 사용했다는 것을 모르는 에르간과 푸트론은 말없이 한주혁을 쳐다보기만 했다.

'도대체 언제 저런 걸 파악했지?'

'언제……?'

어쩐지 용암으로부터 도망칠 때(?) 너무 여유롭다 했다.

'여유로운 게 아니라, 주변을 탐사한 거다.'

'적대악에게는 주변을 탐사하는 특별한 능력이 있는 것 같군.'

저런 능력. 절대악에 버금가는 능력이 아닌가 싶다.

특히 에르간은 감탄했다.

'절대악의 탐지 능력이 여간 까다로운 게 아닌데.'

원거리에서의 마법 병기 공격도 소용이 없었다. 절대악의 탐지 능력이, 상상을 초월하는 정도였으니까.

'과연 적대악이다.'

그런 절대악을 상대하는 적대악. 적대악에게도 특별한 탐지 능력이 있는 것이 틀림없었다. 에르간은 그렇게 생각했다.

한주혁이 말을 이었다.

"마법사가 죽었다고 가정하죠. 그 마법사는 특별한 애완동물을 키우고 있었을 것 같습니다."

"설마⋯⋯."

침묵의 초원에는 원래 몬스터가 없었다. 갈렌티아가 전부 토벌했기 때문이다. 그런데 갑자기 모습을 드러냈다.

"주인이 사라져서. 집 밖으로 탈출했던 것이 아닐까 싶습니다."

"웜 킹⋯⋯ 이었습니까?"

"웜 킹. 그리고 웜 퀸. 그 마법사의 애완동물, 아니, 애완충 정도가 되지 않았을까 싶네요."

"이 정도의 힘을 가진 몬스터를 그 어떤 누가 길들일 수 있겠습니까?"

크기가 무려 100미터에 달한다. 이동하는 속도가 일반적인 마법사들은 반응조차 할 수 없을 정도로 빠르다. 일단 한 번 물리면 팔이든 다리든, 어딘가는 잘려 나갈 만큼의 강력한 절삭력을 가지고 있기도 했다.

에르간과 푸트론은 동시에 생각했다.

'길들이기에는 너무 난폭하고 강력한 몬스터였는데⋯⋯.'

한주혁이 이렇게 말했다.

"약하던데."

만약 자신이 지금의 스탯을 가지고서 테이머 등의 클래스를 가졌다면 충분히 길들이고도 남을 수 있을 정도의 몬스터였다.

"특히 악 속성의 몬스터에게 큰 힘을 발휘할 수 있는 마법사라면 충분히 가능할 것 같네요. 이를테면 성좌 같은."

혹은 그 악 속성을 아예 찍어 누르는 상성 우위의 악 속성.

절대악 같은. 그 말은 하지 않았다.

'어쩌면…… 데미안 같은 마족도 가능할 수 있겠지.'

마계 생물이 맞다면, 마계의 귀족이 컨트롤할 수 있지 않을까. 어쩌면 이 퀘스트는 마계와 어떤 끈이 닿아 있을지도 모른다. 단순 짐작에 불과하기는 했지만 말이다.

"기본 베이스가 성좌 같은 누군가가 있다면 충분히 가능한 일 아니겠습니까?"

"그, 그럴 수 있겠군요."

에르간은 움찔 놀랐다. 아닌데, 나는 안 되는데. 그 말은 하지 않았다. 어쨌든 적대악이 무슨 말을 하는지는 알았으니까.

그사이, 마지막 조각이 맞춰졌다. 알림이 들려왔다.

-'특별한 테이블'이 완성되었습니다.

-축하합니다!

-히든 피스를 만족시켰습니다!

-'특별한 테이블' 완성으로 인하여 '특별한 초대'가 활성화됩니다.

-퀘스트. '특별한 초대'가 활성화됩니다.

한주혁이 퀘스트창을 활성화시켰다.

<특별한 초대>

웜 네스트의 진정한 주인이 보내는 초대장. 초대장에 성스러운 기운이 깃들어 있습니다.

    1) 초대를 받아들일 시, '특별한 공간'으로 이동합니다.

    2) 초대를 받아들이지 않을 시, '침묵의 초원'으로 이동합니다.

선택 제한 시간: 3분

어려운 퀘스트는 아니었다. 다만 선택을 해야 할 뿐.

마렌은 말하고 싶었다.

'우리, 얼른 나갑시다. 제발요.'

이 공간. 심상치 않은 공간이다.

100미터가 넘는 몬스터. 그런데 그 몬스터보다 더 강력한, 정신 지배를 하는 몬스터와 용암. 그런데 또 그 용암까지도 막아내는 특수한 마법공간.

마렌은 평생 경험하지 못했던, 스펙타클한 경험을 오늘 하루 다 치르고 있는 것 같았다.

"침묵의 초원으로 나가는 게 좋지 않을까요?"

우리는.

"얼른 우크라로 이동해야 하지 않겠습니까? 우크라에서 기다리고 있을 텐데요."

한주혁이 말했다.

"사람이 초대를 했으면 받아들일 줄 알아야지."

"그럼요. 당연하죠. 저도 꼭! 가고 싶었습니다."

"그렇지?"

"당연합니다. 이렇게 성스러운 초대를 거절하는 것은 예의가 아니죠."

마렌이 비굴하게 웃었다.

푸트론은 그러한 마렌을 보면서 복잡미묘한 기분에 빠져들었다. 마렌이 저토록 비굴한 모습을 보이다니. 상상도 못 했다.

에르간도 동의했다.

"이제서야 진정한 의미의 성좌 퀘스트가 진행되는 것 아닐까 싶습니다."

에르간은 한 구절에 집중했다.

-초대장에 성스러운 기운이 깃들어 있습니다.

성스러운 기운이 깃들어 있단다. 애초에 그는 성좌 퀘스트를 진행하기 위해 이쪽까지 찾아온 거다. 적대악을 찾아온 게 아니었다.

'이제부터가 진짜 성좌 퀘스트 진행인 것 같다.'

이 초대를 거부할 이유가 없었다. 바로 받아들였다.

적대악과 함께하기를 잘했다. 적대악 덕택에 이렇게 쉽게 진행할 수 있었으니까.

'적대악과 함께라는 게…… 운이 좋았군.'

절대악과 상대할 때도 분명 좋을 거다. 이 정도의 힘을 가졌다니. 좋았다. 성좌 쪽에게는 정말 좋은 거다. 적어도 그때까지 에르간은 그렇게 생각했다.

알림이 들려왔다.

-'특별한 공간'으로 이동합니다.

필드가 변했다.

* * *

'특별한 초대'로 인하여 이동한 필드. 특별한 공간. 땅굴을 벗어나서 이동한 곳치고는 굉장히 쾌적한 공간이었다.

'햇빛?'

햇빛인지는 모르겠다. 어쨌든 따뜻한 느낌의 빛이 느껴졌다.

'계속해서 지하로 내려간 느낌이었는데.'

지하로 내려온 느낌이었는데 이상하게 빛이 들어왔다. 지상의 햇빛을 끌고 내려온 것 같다고나 할까.

한주혁이 말했다.

"용암이 있었던 자리네요."

광역 탐지로 살펴봤었기 때문에 알 수 있었다. 용암은 사라졌다. 다시 말해, 이 지하 땅굴의 가장 밑바닥까지 내려왔다.

그런데. 가장 밑바닥인데, 아이러니하게도 밝았다. 주변은 하얀색 기운으로 가득했다. 하얀색 나비도 보였다.

한주혁이 뚜벅뚜벅 걸어갔다.

"저기, 뭔가 있네요."

뭔가가 있었다.

'관?'

관이 하나 보였다.

검은색 관. 주변은 하얀색 국화꽃으로 둘러싸여 있었다.

'말하자면……'

이곳은.

'일종의 무덤?'

그와 동시에 알림이 들려왔다.

-'특별한 관'을 발견하였습니다.

-'특별한 관'이 자격을 확인합니다.

-성 속성의 클래스/칭호를 가진 자만이 '특별한 관'의 선택을
받을 수 있습니다.

지금 한주혁은 대마법사 루블랑의 유산을 이어받은 '적대악'
이기도 하고, 세인트 가드이기도 하다.

-'특별한 관'의 선택을 받는 데 성공하였습니다.

에르간 역시 자격 확인이 됐다. 마렌과 푸트론은 자격을 갖

추지 못했지만, 다행히 쫓겨나지는 않았다. 성 속성의 사람의 두 명이 있어서, 두 명의 일반 사람을 허락했다나 뭐라나.

　-'특별한 관'의 선택으로 인하여 '특별한 공간'의 진정한 이름이 공개됩니다.
　-'성스러운 무덤'이 활성화됩니다.

　순간, 주변이 더욱 밝아졌다. 하얀색 빛이 번쩍! 하고 주위를 밝혔다. 그와 동시에 검은색 관의 뚜껑이 저절로 열렸다.
　한주혁이 뭔가를 발견했다.

　　　　　　　　　　⚜

　마렌은 뒷걸음질 쳤다.
　"오……. 신이시여."
　관 속에는 시체가 있었다. 몸은 붕대로 칭칭 감겨 있고 얼굴만 보이는 시체가. 그런데 그 시체의 오른팔이 들리고 있지 않은가.
　'이제는 하다 하다 시체까지…….'
　오늘 도대체 무슨 날이냐 말이다.
　'차라리 나를 데려가소서……!'
　이건 아무래도 있을 수 없는 일이다. 다 끝났나 싶었더니 시체가 갑자기 움직인다. 게다가 천장에서는 또 뭔가가 생겨나고 있었다.

'저건 또 뭐냐?'

하얀색 날개를 가진 여자가 보였다.

전체적으로 밝은 빛을 흩뿌리고 있어서 얼굴이 자세히 보이지는 않았다. 작고 하얀 얼굴. 가냘픈 체구. 거기에 성스러운 기운이 깃든 하얀색 수녀복을 입은 그녀는 사람 같지 않은, 깃털로 이루어진 기다란 귀를 갖고 있었다.

마렌에게 목소리가 들려왔다.

"성인의 잠을 깨운 자가 누구입니까?"

여자의 목소리였다. 마치 동굴 안에서 울리듯, 마이크를 통해 들려오는 음성처럼 웅웅거렸다.

"특별한 초대를 받은 사람들이로군요. 주인님께서 그대들을 초청하신 것 같습니다."

그녀의 목소리는 온화했다.

"그런데."

갑자기 목소리가 차갑게 변했다.

"저는 아직 허락하지 않았습니다. 성스러운 무덤을 지키는 자. 성스러운 무덤의 수호자. 성스러운 무덤의 신부. 저 라리엘이 그대들을 초대하지 않았습니다."

그녀의 등 뒤로 하얀색 창 7개가 생겨났다. 한주혁은 저 하얀색 창의 모습을 보고서 마성격을 떠올렸다.

'저건…… 내 마창이랑 비슷한 형태인데.'

숫자가 적고 속성이 성 속성이라는 것을 제외하면 매우 비슷한 형태다.

'속성이 완전히 반대인데. 비슷한 능력을 구사하는 건가?'

한주혁은 여유를 잃지 않고 말했다.

"라리엘. 네 허락을 받으려면 어떻게 해야 하지?"

"……."

라리엘이라 이름을 밝힌, 천사를 닮은 NPC는 한주혁을 물 끄러미 쳐다보았다.

"내 허락을 얻는 방법은 단 두 가지뿐입니다."

그녀의 시선이 한주혁에게서 떨어지지 않았다. 한주혁은 마치 뾰족한 것으로 자신을 찌르는 것 같은 기분이 들었다. 직접 공격을 하고 있는 것이 아닌데도 그랬다.

'상당히 강력한 NPC 같네.'

라리엘의 등 뒤에서 하얀색 창이 화살처럼 쏘아졌다.

깜짝 놀란 마렌이 비명을 질렀다.

"으어억!"

오늘 참 여러 번 놀라는 것 같다. 평생 놀랄 것을 하루 만에 다 쓰는 것 같은 기분. 피가 바짝바짝 말랐다. 만약 적대악과 함께 있는 게 아니었다면 이미 삶을 포기했을지도 모를 일이다.

'씨, 씨, 씨, 씨발!'

너무 놀라서 순간 아무 말도 나오지 않았다. 마렌은 가만히

서 있는 한주혁을 쳐다보며 할 말을 잃었다.

'저, 저 인간이…… 인간 맞냐?'

저런 날카로운 창이 자신을 향해 날아드는데 어떻게 눈 하나 깜빡하지 않을 수 있단 말인가.

'저, 저게 도대체 몇 센티를 파고든 거야?'

하얀색 창이 땅을 파고들었다.

이 땅의 재질이 뭔지는 몰라도 굉장히 단단하다. 적어도 흙은 아니다. 돌 비슷한 무언가로 되어 있다. 그런데 이 바닥을 50㎝ 이상 뚫고 들어갔다.

'저걸 몸에 맞으면……'

그러면 몸이 완전히 두 동강 나고 말 거다. 그런데 적대악은 제자리에서 꼼짝도 하지 않았다. 하얀 창 따위, 그다지 위협이 되지 않는다는 듯 말이다.

라리엘이 말을 이었다.

"죽어서 함께 관에 묻히든지."

"……"

"라리엘의 가슴에 주인님의 흔적을 담아주든지."

에르간은 라리엘의 말을 이해하지 못했다.

주인님의 흔적. 주인님이란 지금 관 속에 누워서, 오른팔을 들고 있는 저 시체를 말하는 건가.

"그렇지만 나는 당신들을 죽이고 싶군요."

이유는 간단했다.

"주인님께서 외로우실 것 같으니까요. 함께 잠에 빠져드는 것도 나쁘지는 않겠죠."

한주혁이 씨익 웃었다.

"나는 죽고 싶지 않은데."

에르간은 잠자코 한주혁을 하는 것을 지켜봤다.

마음 같아서는 지금 말리고 싶다.

'적대악. 알고 있겠지만, 저 NPC는 보통 NPC가 아니다.'

현재는 NPC 상태다. 그런데 언제 보스 몬스터로 변할지 모른다. 던전이란 그런 거다. 플레이어에게 우호적인 태도의 NPC도 언제 보스 몹으로 돌변하여 덮칠지 모른다.

'저 보스 몹은…… 어쩌면 플레이어의 능력으로는 감당할 수 없는 보스 몹일지도 몰라.'

저 하얀색 창의 기운이 심상치가 않다. 그 역시 하얀색 창이 쏘아지는 것을 보지 못했다. 그야말로 순식간. 반응할 새도 없이, 창이 땅에 꽂혔다.

그는 이렇게 생각했다.

'적대악. 당신도 하얀색 마창에 반응하지 못했잖아.'

물론 아니다. 한주혁은 반응할 필요가 없어서 반응하지 않았던 거다. 창의 궤적을 처음부터 끝까지. 전부 눈으로 보고 있었으니까.

'저 NPC를 자극하지 않고 방법을 찾는 것이 좋을 것 같은데.'

그런데 적대악의 당당한 태도를 보아하니 저 NPC를 약간은 자극할 것 같기도 했다.

적대악의 목소리가 들려왔다.

"잘은 모르겠는데……. 네 몸, 정상이 아닌 것 같군."

"내 가슴이 비어 있으니까요."

아까도 라리엘은 이렇게 표현했다. 라리엘의 비어 있는 가슴
에 주인님의 흔적을 채워달라고.

"그런 것 같아."

한주혁은 저 NPC가 라리엘이라는 이름을 가진 '여성체'라
는 사실을 놓치지 않았다.

'이따금씩 바람이 분다.'

바람이 불어오는데.

'가슴이 전혀 보이지 않아.'

수녀복과 같은 하얀색 옷이 펄럭거리고 있음에도 불구하
고, 가슴이 전혀 보이지 않았다. 더 정확하게 말하자면, 바람
이 불 때마다 옷이 오히려 가슴 속으로 조금씩 파고들었다.

'마치. 가슴에 구멍이 뚫려 있는 것처럼.'

다른 사람들이 듣기에, 한주혁이 황당한 말을 했다.

"옷을 벗어."

"……."

에르간은 정말로 말리고 싶었다.

'저 NPC는 그런 NPC가 아니라고……!'

NPC를 너무 자극하는 말이 아닌가 싶다. 까딱 잘못해서 저

NPC가 보스 몹으로 돌변하는 순간, 성좌 퀘스트는 날아간다. 지금 시점에서 그는 그렇게 판단했다. 그만큼, 그가 느끼는 라리엘의 위압감은 대단했다.

그런데 라리엘의 반응이 조금 묘했다. 눈이 가늘게 변했다. 크게 기분 나쁜 것 같지는 않았다.

"옷을 벗는 것은 어렵지 않아요."

다만.

"나의 벗은 몸을 보는 대가로. 죽음을 각오해야 할 것입니다."

한주혁은 거기서 확신했다. 일반적인 여성 NPC는 아니다. 벗은 몸이라고 표현은 하지만, 일반적으로 생각하는 벗은 몸과는 다른 형태일 것이 분명했다.

한주혁이 잠자코 기다리자, 라리엘의 몸을 하얀색 기류가 덮었다.

마렌은 침을 꿀꺽 삼켰다.

'지, 진짜로 벗는다고?'

하얀색 기류가 라리엘의 몸을 덮고, 소매 끝에서부터 라리엘의 옷이 조금씩 사라지는 것이 보였다.

'진짜로?'

옷이 없어지고 있다. 팔꿈치까지 없어졌다. 조금씩, 조금씩. 이내 어깨까지 옷이 사라졌다. 하얀색 어깨와 쇄골이 드러났다.

'미친……!'

무섭긴 무서운데 눈을 뗄 수는 없었다. 하얀색 기류가 조금씩 옅어졌다. 라리엘의 상반신이 조금씩 보이기 시작했다. 하반신은 두터운 하얀색 기류가 계속 가리고 있는 상태.

한주혁 역시 라리엘의 몸에서 눈을 떼지 않았다. 그리고 그는 발견할 수 있었다.

'역시.'

일반적인 여성 NPC가 아니다. 가슴 부근이 뻥 뚫려 있었다. 굉장히 큰 구멍이었는데, 뒤쪽의 벽면이 훤히 보일 정도였다.

'이 미라 같은 것도 조금 더 움직였고.'

이게 아무런 의미 없이 움직이는 건 아닐 거다. 아까는 오른손만 움직였는데 이제는 왼손도 움직이고 있다. 오른손과 왼손을 동시에 하늘을 향해 들어 올렸다.

"나의 몸을 봤으니. 그에 상응하는 대가를 치러야지요."

라리엘의 등 뒤로 허공에 창들이 생겨나기 시작했다. 7개의 마창이 14개로. 그리고 21개로. 또다시 28개로. 계속해서 7개씩 늘어났다. 이윽고 한주혁이 보는 정면 시야에, 하얀색 창들이 가득 찼다.

한주혁은 거기서 또다시 느꼈다.

'마성격과 거의 같아.'

심안이 없어 정확하게는 모르겠지만, 겉모양새는 거의 비슷하다. 비슷한 정도가 아니라 같다고 해도 과언이 아닐 정도다.

'느껴지는 힘도.'

강맹한 파괴력이 느껴졌다.

'이상한 일이네.'

한주혁은 여유로운 상태.

그렇지만 에르간은 그렇지 않았다.

"적대악. 무슨…… 생각이 있는 겁니까?"

저 창들이 쏘아진다면. 그러면 답이 없다. 적대악이 아무 생각 없이 이렇게 행동했을 리는 없을 텐데. 그런데 도무지 답을 모르겠다. 가슴 속에 뭔 놈의 흔적을 채운단 말인가.

한주혁이 어깨를 으쓱했다.

"마침 네 가슴에 뚫린 구멍과 딱 맞는 크기의 뭔가가 있어서 말이야."

인벤토리에서 아이템 하나를 꺼냈다. 구슬 형태의 아이템이었다.

<웜 퀸의 비즈>

주인의 사랑을 받았던 웜 퀸의 몸속에 생겨난 비즈. 주인의 온정이 가득하다.

에르간이 물었다.

"그게 뭐죠?"

"뭐랄까. 주인의 사랑을 독차지하고 싶은 누군가에게 꼭 필요한 구슬 같은 겁니다."

에르간은 입을 다물었다.

'저런 건 도대체 언제 어디서 구한 거지?'

도무지 모르겠다. 저런 걸 갖고 있는지도 몰랐고, 또 저걸 이렇게 활용하는 건지도 몰랐다. 플레이 센스가 자신의 상상을 훨씬 뛰어넘었다. 적대악과 함께 클리어하는 과정에서 내내 같은 감정을 느꼈다. 과연 적대악다웠다.

라리엘의 눈에서 눈물이 뚝뚝 흘러내렸다.

"아······."

라리엘의 날개가 펄럭거렸다. 하얀색 가루를 흩날리며 한주혁을 향해 날아왔다. 옆에 서 있는 에르간은 잔뜩 긴장했지만 한주혁은 여전히 여유로운 상태.

"이것은······."

라리엘이 비즈를 양손으로 받아 들었다. 어느덧, 그녀의 등 뒤에 있던 하얀색 창들이 전부 사라졌다.

"아아······. 주인님의 향기가 가득해."

비즈에 얼굴을 묻고 코를 킁킁거리다가, 비즈에 볼을 비볐다.

"살아생전, 주인은 네가 아닌 다른 누군가를 더 귀여워했던 것 같은데."

그 귀여움의 대상이 이렇게 아름다운 천사형 NPC가 아닌, 100미터가 넘는 곤충 몬스터라는 사실이 조금 놀랍기는 하지만 말이다.

라리엘의 목소리가 또 변했다. 그녀는 어린아이같이 칭얼거렸다.

"웜 퀸. 그 불여우 같은 계집아이가 주인님의 사랑을 내게서 빼앗아갔어요."

"네가 허락만 해준다면, 이 비즈를 네게 주지."

"허락해요. 허락해요. 허락해요."

한주혁이 고개를 끄덕였다. 웜 퀸의 비즈는 웜 퀸을 사냥하고 나온 아이템이다.

'이런 식으로 진행된다 이거지.'

한주혁이 라리엘에게 웜 퀸의 비즈를 넘겼다. 라리엘은 눈물을 흘리며 그 비즈를 자신의 가슴 속에 조심스레 넣었다.

라리엘이 두 팔로 자신의 몸을 꽉 껴안았다. 비음이 잔뜩 섞인, 교태 가득한 소리를 냈다.

"아아……. 주인님……! 주인님의 향기가 느껴져요……!"

그때, 관 속에 있던 시체의 상반신이 벌떡 일어섰다.

마렌은 그 자리에서 굳었다. 시체의 오른팔, 왼팔에 이어. 이제는 몸까지 움직이고 있었다.

라리엘이 계속 흐느끼며 중얼거렸다.

"이제…… 나는……. 죽어도…… 좋아……!"

라리엘의 몸에서 변화가 일어났다. 아까, 그녀의 몸에 있던 옷들이 가장자리에서부터 사라졌듯이 그녀의 몸도 발끝에서부터 조금씩 사라지기 시작했다.

'라리엘이 없어져?'

재미있는 건.

'라리엘이 없어지는 것과 같이 시체도 없어진다.'

저 시체는 어째서 갑자기 움직였고, 또 왜 사라지고 있는 걸까. 아직까지 그건 알 수 없었다.

"아아……! 주인님……! 나의 주인님……!"

라리엘의 하반신이 전부 사라졌다. 그에 맞추어 관 속에 있던 시체도 사라졌다.

"주인님. 주인님. 라리엘을 봐줘요. 라리엘은 주인님의 것이니까. 주인님만의 라리엘이니까……!"

라리엘의 몸이 거의 사라졌다. 목과 얼굴만이 남았다. 시체도 마찬가지였다.

라리엘의 목소리가 점점 작아졌다. 목도, 얼굴도. 조금씩 사라져갔다. 그에 따라 라리엘의 목소리도 결국 없어졌다. 관도 텅 비게 되었다.

관에 아무것도 없게 되었을 때. 새로운 알림이 들려왔다.

-성스러운 관이 비어 있습니다.
-성스러운 무덤의 주인이 사라진 상태입니다.

그런데 예상치 못했던 알림이 이어졌다.

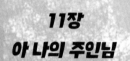

11장
아 나의 주인님

-성스러운 관이 비어 있습니다.
-성스러운 무덤의 주인이 사라진 상태입니다.

알림은 거기서 끝이 아니었다.

-성스러운 무덤에는 주인이 필요합니다.
-성스러운 관이 성스러운 무덤의 주인을 찾습니다.

한주혁은 그 알림의 뜻을 깨달았다.
'어라?'
뚜껑이 열려 있는, 지금은 비어 있는 저 관이 자신을 빨아들
이려고 하고 있었다.

'관에 들어가라고?'

관에 들어간다?

'나보고 시체가 되라는 뜻인가?'

이거, 느낌이 안 좋다. 저 관에 갇히면 영영 빠져나오지 못할 것만 같은 그런 기분.

이 기분은 한주혁만 느낀 것이 아니었다.

에르간이 침음성을 삼켰다.

"윽······!"

관이 에르간의 몸도 끌어당겼기 때문이다. 에르간은 끌어당기는 그 힘을 버텨내려 애썼다.

에르간이 말했다.

"느낌이······ 안 좋습니다!"

어찌어찌 버틸 만은 했다. 하지만 언제 빨려 들어갈지 모르는 상태.

"저도 느낌이 안 좋네요."

저 관, 플레이어를 잡아 먹는 관이다. 자세한 상세설명은 없었지만 대충 감으로 알았다.

"말하자면. 저게 진짜 보스 몬스터인 것 같네요."

보스 몬스터 이름도 없고, 레벨도 없고, 다른 설명도 없다. 하지만 둘은 깨달았다.

저 비어 있는 관이야말로 진짜 보스 몬스터다.

공격 불가 설정. 케르핀의 낙서장을 사용한다면 부술 수야 있겠지만, 그것이 이 던전이 원하는 '올바른 클리어 방법'은 아닐 터.

에르간의 마음이 다급해졌다.

'이대로라면…… 내가 잡아 먹혀.'

지금 상황을 보아하니 적대악은 여유로운 상태인 것 같다. 관이 빨아당기고는 있으나, 그것을 제법 여유롭게 버텨내고 있다.

'체력이 떨어지는 순간 제물이 되는 건 나다.'

그러면 안 된다.

'머리를 써야 해.'

어떻게 하면.

'내가 아닌 적대악을 저 안에 집어넣을 수 있지?'

힘으로는 안 된다. 무력을 써서는 어떻게 할 수 없다. 힘을 사용한다면, 오히려 이쪽이 조심해야 한다.

'여기서 멀어질 수도 없어.'

겨우겨우 힘의 균형을 이루며 버티고 있는 상태. 관에 더 가까워지면 안 되고, 멀어질 수도 없다.

'어떡하지?'

제물은 자신이 아닌 적대악이 되어야 했다.

'살아남는 한 사람이 던전의 보상을 독차지하는 것 같은데.'

그러려면 어떻게든 적대악을 저 관 속으로 밀어 넣어야 하는 것 아니겠는가. 에르간은 생각하고 또 생각했다. 하지만 딱히 좋은 방법이 떠오르지 않았다.

그때 또 다른 알림이 이어졌다.

-성스러운 관의 뚜껑이 열린 상태가 지속되었습니다.

-성스러운 관의 공백 상태를 확인합니다.

-성스러운 관이 제물을 직접 선택합니다.

한주혁과 에르간이 동시에 그 알림을 들었다. 분명 알림은 '제물'이라고 표현했다.

'제물?'

'역시. 제물이야.'

제물이라 함은 결국 희생되는 것 아닌가. 아까는 감이었다면, 이제는 확실히 알게 됐다. 지금 성스러운 관은 '제물'을 원했다. 관의 목표는 '시체'였다.

더 조바심이 난 쪽은 당연히 에르간. 에르간이 물었다.

"어떻게 하죠?"

"글쎄요."

한주혁은 여전히 여유롭다. 마지막 순간, 정말 최후의 선택을 해야 하는 순간이 온다면 일말의 망설임도 없이 에르간을 저 관 속에 집어넣어 버릴 거다. 만약 에르간이 Siri 정도만 되었어도 바로 관 속에 집어 던졌다.

'아직 그 정도는 아니니까.'

한주혁은 기본적으로 성좌를 좋게 보는 편은 아니지만, 일단은 자신에게 해코지하지 않은 사람을, 성좌라는 이유만으로 그냥 냅다 희생시켜 버릴 수는 없지 않은가.

거기에 더해 알림이 또 이어졌다.

-성스러운 관은 성스러운 힘을 일부 내포하고 있습니다.
-성스러운 관은 약간의 델리트 능력을 포함하고 있습니다.

그 알림을 들은 에르간은 더더욱 다짐했다. 저 관 안으로는 들어갈 수 없다. 들어가면 안 된다. 절대 델리트되어서는 안 된다.

-성스러운 관이 플레이어를 지목합니다.
-두 명의 플레이어가 지목되었습니다.

당연히 그 두 명의 플레이어라 함은 한주혁과 에르간이다. 둘 다 성좌 혹은 성좌와 관련된 직업을 가지고 있으니까.

-클래스상 성스러운 관의 주인에 걸맞은 플레이어는 에르간입니다.
-신체 스탯상 성스러운 관의 주인에 걸맞은 플레이어는 앤서입니다.

-속성상 성스러운 관의 주인에 걸맞은 플레이어는 에르간입니다.

-호칭상 성스러운 관의 주인에 걸맞은 플레이어는 앤서입니다.

에르간의 표정이 굳어졌다 풀어지기를 반복했다.

-성스러운 관이 선택을 보류합니다.

-성스러운 관의 강제 흡입력이 더욱 강력해집니다.

에르간이 황급히 마법을 사용했다.

'안 돼!'

자신 스스로에게 버프 마법을 걸려고 했다. 그런데 관의 흡입력을 이겨내지 못했다. 에르간의 오른발이 허공에 떴다.

그렇지만 관 속으로 빨려 들어가지는 않았다.

"적대악……?"

에르간이 빨려 들어가지 않은 이유는 간단했다. 한주혁이 잡아줬기 때문이다.

한주혁이 씨익 웃었다.

"우리는 같은 편이잖아요?"

어려울 때는 서로 도와야 하는 것 아니겠는가. 적대악, 그리고 성좌. 둘은 같은 편이다. 일단 시스템적으로는 그렇다.

에르간은 아무런 말도 잇지 못했다. 적대악이 잡고 있어서 빨려 들어가지 않을 수 있었다. 그의 발이 다시 땅에 닿았다.

'버텨야 해.'

이럴 때.

'실수로 넘어지는 척하면서 적대악을 관 속으로 밀어버리면?'

아주 잠깐 생각했지만 이내 생각을 멈췄다. 적대악의 능력이라면 자신이 밀어버리는 것쯤은 아무렇지도 않게 막아낼 거다. 그리고 오히려 이쪽을 공격해 버릴 거다.

클리어 과정에서 이미 완전히 깨달았다.

'내 능력은 적대악을 상대할 수 없어.'

괜히 도와주고 있는 적대악을 건드릴 필요는 없었다. 그에 반해, 한주혁은 이미 에르간의 눈치를 읽었다.

'오호라.'

아까부터 표정이 조금씩 변하더니.

'방금 요상한 생각을 한 것 같은데.'

아주 잠깐이지만, 찰나지만 한주혁은 분명히 그의 눈빛이 달라지는 걸 봤다.

심안이나 다른 능력이 있어서 알아본 게 아니다. 일반인과는 완전히 다른 감각을 바탕으로, 그의 눈빛 변화를 알아차렸을 뿐이다.

다만.

'뭐. 확실한 건 아니니까.'

확실한 건 아니다. 비록 한국에서 거의 신처럼 떠받들어진다고는 해도, 진짜 신이 아닐뿐더러 사람의 마음을 읽는 능력 같은 건 없었으니까.

에르간이 물었다.

"저기. 저 푸트론이라는 NPC를 관에 넣으면 어떻습니까?"

보아하니 마렌이라는 놈은 뭔가 중요한 단서를 갖고 있는 놈 같고. 그렇다면 마렌을 수행하고 있는 푸트론을 관 속에 넣어버리면 어떨까 싶다. 그는 그렇게 생각했다.

"어차피 관 안에는 한 명만 들어가면 되는 거 아닙니까?"

"……."

푸트론의 얼굴이 창백하게 질렸다.

"그렇다면 가장 쓸모없는 사람이 들어가는 게 맞겠죠."

한주혁이 아무런 말도 하지 않고 있자, 에르간은 점점 더 자신만만해졌다. 아무리 생각해도 자신의 생각이 맞다.

마렌은 두반 백작의 아들이다. 그것만으로도 가치는 충분하다. 그런데 푸트론 자작은 아니다.

"푸트론 자작. 대의를 위해 희생하는 게 어떻습니까?"

"……."

푸트론이 한 걸음 뒤로 물러섰다. 그의 표정에는 당혹감이 가득했다. 혹시라도 적대악이 그렇게 허락하면 어쩌나 하며 겨우 입을 열었다.

"……플레이어는 죽어도 되살아나지 않습니까?"

에르간이 인상을 찡그렸다.

"델리트 확률이 있다잖아."

말투가 변했다. 푸트론 자작의 반론이 영 마음에 들지 않은 모양이다.

"내가 델리트되면 네가 책임질 거냐?"

"……."

에르간이 빠르게 말을 이었다.

"사실 이것은 선택 퀘스트일지도 모릅니다. 사실 이곳은 성좌 퀘스트 던전이 아닙니까? 성좌들은 살리고, 성좌가 아닌 떨거지 중 한 명을 넣어서 대의를 위해 작은 것을 희생시킬 수 있는 용기를 보려고 하는 걸지도 모릅니다."

일단은 한 명 넣어보면 답이 나오지 않겠는가. 자신이 먼저 들어갈 수는 없다.

한주혁이 고개를 한 번 끄덕였다.

"대의라……."

그 말을 동의로 알아들은 에르간이 또 잽싸게 말했다.

"그렇죠. 대의입니다. 큰 것을 위해 작은 것을 희생해야 합니다. 이곳은 성좌 퀘스트 던전. 성좌들이 좋은 것을 가져가야, 대의가 사는 것 아닙니까?"

한주혁이 마치 고민하는 것처럼 아주 잠깐 눈을 감았다. 그때 에르간의 눈이 번뜩였다.

'지금이다!'

사실 그도 푸트론 자작을 넣는 것보다는, 적대악을 집어넣는 것이 훨씬 좋다고 생각하고 있다.

이 성좌 퀘스트 던전은, 여태까지 클리어해 왔던 성좌 퀘스트 던전과는 차원을 달리하는 난이도를 가진 던전이었다.

'이곳의 보상을 독차지할 수만 있으면……!'

그러면 적대악을 넘어서는 것도 일도 아니라고 생각했다. 그 욕심에 눈이 멀었다. 그래서 적대악이 눈을 감은 그사이 스킬을 사용했다.

'푸싱!'

에르간의 성좌 전용 스킬, 푸싱이다. 손에 닿는 모든 것을 멀리 보내 버리는 스킬이다. 상대와의 거리를 벌릴 때. 원거리 공격 등을 방어해 낼 때. 굉장히 유용하게 사용할 수 있는 스킬.

물론 적대악 정도 능력을 가진 플레이어는 멀리 밀어내지 못한다. 에르간도 그 사실을 잘 안다.

'아주 잠깐, 아주 약간의 틈만 만들면 돼!'

그러면 저 포악스러운 성스러운 관이 적대악을 집어삼킬 거다. 아주 잠깐의 틈, 균형을 아주 조금만 흐트러뜨리면 된다. 보상 독차지에 눈이 먼 에르간은 그런 선택을 해버렸다.

"음."

그런데 그 선택은, 결과적으로 보면 옳지 못한 선택이었다.

"조금 괜찮은 성좌인 줄 알았는데."

한주혁은 여전히 여유로웠다.

"뭔가 아주 약간의 틈을 만들어내는 스킬인가 봐요?"

정확하게는 모르겠지만 그런 것 같다.

"아니, 근데 뇌가 있는 건지 없는 건지 모르겠네. 설마 그런 스킬이 진짜로 나한테 통할 거라고 생각한 건가?"

가끔은 정말 이해가 안 될 때가 있다.

"상식적으로 이해가 잘 안 되네."

어떻게 그럴 수가 있는 건지 모르겠다. 자신의 능력에 자신이 있는 건가. 아니면 한주혁 자신을 약하게 본 건가. 아니면 그냥 보상에 눈이 멀어서 잠깐 눈이 뒤집힌 건가.

"좀 생각을 해보면 좋은 클리어 방법이 있을 수도 있었는데."

그거 아주 잠깐, 눈 한 번 감았다고. 그 새를 못 참고 이쪽에 어떤 스킬 사용했다.

스킬의 영향을 아예 안 받은 건 아니다. 그래도 나름 성좌의 스킬이다. 한 발자국 뒤로 밀려나기는 했는데, 그렇다고 에르간이 바라고 바랐던 드라마틱한 효과는 없었다.

"혹시 남자 손 잡는 거 좋아해요?"

한주혁이 에르간의 손을 잡았다. 에르간의 몸이 얼음처럼 굳어버렸다.

적대악의 목소리가 들려왔다.

"난 싫어하는데."

싫어하는데 어쩐다.

"그러면 손을 좀 놔야겠죠?"

한주혁이 에르간과 함께 몇 걸음 옮겼다. 성스러운 관이 강력한 흡입력을 발생시키고 있는데, 그런 것쯤은 아무렇지도 않은 듯했다. 그에 반해 에르간은 중심조차 잡기 힘들었다.

한주혁은 여전히 여유로운 상태로 에르간의 손을 잡고 걸었다.

"어, 어, 어, 어디를 가는 겁니까!"

관을 향해 걸어갔다. 관에 가까워질수록, 흡입력은 점점 더 강해졌다. 결국 에르간은 더 이상 버티지 못했다. 몸 전체가 허공에 떴다. 한주혁의 손만 잡고 있는 상태.

한주혁이 빙긋 웃었다.

"남자 손. 싫다."

그 손을 났다. 그와 동시에 알림이 들려왔다.

-성스러운 관의 주인이 결정되었습니다!
-성스러운 관이 주인의 성 속성을 확인합니다.
-'성스러운 무덤'의 클리어 조건을 만족하였습니다.
-축하합니다!
-히든 던전. '성스러운 무덤'을 클리어하였습니다.

'성스러운 관'이 일종의 보스 몬스터가 맞기는 했던 모양이었나. 나른 방식으로 클리어가 가능할 수 있었을지 몰라도, 일단은 이렇게 클리어가 됐다.

한주혁이 어깨를 으쓱했다.

'어쨌든 클리어가 되긴 됐네.'

이걸로 완벽하게 클리어된 게 아닌가 싶다. 알림에서 '히든 던전. 성스러운 무덤'이라고 직접 명명하지 않았던가.

'제발 성좌 퀘스트 던전이 맞았어라.'

운이 좋으면 세계 12대 초인쯤 되는, 굉장히 좋은 보상을 얻을 수도 있지 않은가.

'제발!'

그 시점까지, 이 던전이 완전히 클리어된 줄로만 알았다.

'어?'

그런데 아니었다.

한주혁이 씨익 웃었다.

'여기서 끝이 아니었네.'

뭔가가 더 있었다.

마렌은 또다시 기겁했다.

"으억!"

간이 남아나지 않는 것 같다. 오늘, 평생 놀랄 걸 다 놀라고 있다.

"씨발……!"

내 신세가 도대체 왜 이렇게 됐나 모르겠다. 차라리 울고 싶었다. 기절해 버리면 모든 것이 편해질까.

마렌은 방금 또 보고야 말았다. 관 속의 시체가 움직이는 것을. 더 정확히 말하자면 관 속에서 무언가가 움직였고 그에 따라 뚜껑이 열려 버렸다.

턱.

뚜껑이 땅에 떨어졌다.

한주혁은 잠자코 그 관을 쳐다봤다.

'단순히 플레이어를 잡아 먹는 관은 아니었나?'

아직까지 판단할 수 없었다.

알림도 들려왔다.

-특수 상황 발생으로 인하여 클리어 판정이 보류됩니다.

시스템 알림이 이미 클리어를 인정한 상태에서 그 판정을 번복했다. 정말로 흔치 않은 일이다.

마렌이 손가락으로 관을 가리켰다.

"소, 소, 손……!"

왼손과 오른손이 하늘로 향했다. '성스러운 관'에서는 하얀색 기운이 스멀스멀 안개처럼 피어오르고 있었다.

한주혁도 관 속에서 튀어나온 손을 봤다.

'아까랑 같네.'

아까, 천사 형태의 NPC인 라리엘을 볼 때도 이랬다. 그때도 시체가 이렇듯 팔을 들어 올리지 않았던가.

'시간이 조금 흐르면.'

그러면 어떤 변화가 일어나는 걸까.

'여전히 공격은 불가 설정.'

시스템이 클리어 판정을 번복할 정도의 '특수한 상황'. 성좌 퀘스트와 어떠한 관련이 있을 것 같았다.

시체가 몸을 벌떡 일으켰다.

'에르간인데.'

에르간인 것은 틀림없었다. 몸에서 하얀색 기운이 피어오르고 있기는 했는데, 어쨌든 에르간인 건 맞았다.

'눈에 초점이 없어.'

눈에는 초점이 없었다. 멍했다. 말 그대로 육체만 되살아난 것 같은 느낌. 그때 천장에서 목소리가 들려왔다.

"주인님."

아까 들었던 목소리였다.

"아. 나의 주인님……!"

가루가 되어 흩어졌던 조각들이 다시 모여들기 시작했다.

"주인님……!"

조각들이 점점 형태를 맞추어가기 시작했다. 마렌은 더 이상 놀라기를 포기했다.

마렌도 볼 수 있었다.

'저 여자는…… 라리엘.'

귀가 깃털로 이루어져 있고, 등 뒤에는 커다란 날개 2장이 달려 있는, 천사 형태의 NPC.

라리엘의 눈시울이 붉어져 있었다. 어느덧 모습을 다 갖추

게 된 라리엘이 천천히 관을 향해 하강했다.

"아. 나의 주인님……!"

그녀의 숨소리가 거칠어지기 시작했다.

"주인님."

얼굴이 빨개졌다. 귀를 이루고 있는, 하얀색이었던 깃털도 약간 붉은색으로 변했다.

라리엘은 관 앞에 무릎을 꿇고 앉았다. 그러고서 초점이 없는 에르간, 아니, 에르간의 시체에 입술을 가볍게 맞췄다.

"주인님. 라리엘, 라리엘이 왔어요. 라리엘을 봐주세요."

그렇게 말한 라리엘은 뒤이어 에르간의 얼굴을 만졌다. 만지는 모습이, 사랑하는 연인을 대하는 것만 같았다.

-성스러운 무덤의 새로운 주인이 탄생하였습니다.
-성스러운 주인이 눈을 뜹니다.

한주혁은 여유롭게 상황을 지켜봤다. 일부 델리트의 확률을 품고는 있었지만 그게 마냥 위험하기만 한 것만은 아니었던 것 같다.

'설마, 전직한 건가?'

아직까지 에르간이 제정신을 차린 것 같지는 않지만 아무래도 전직을 한 것 같다.

'이상한데.'

단순 전직이라고 보기에는 좀 꺼림칙한 구석이 있었다.

'NPC로 보이는 것은 착각인가?'

단순히 에르간의 육체만 빌려서 NPC로 재탄생한 건가.

'그게 아니라면⋯⋯.'

아주 희박한 확률이지만.

'이제는 NPC로 올림푸스를 플레이하게 되는 건가?'

모르겠다. 좀 더 지켜봐야 알 것 같다. 플레이어는 플레이어, NPC는 NPC다. 자연스레 알게 될 것이다.

일단 지금 한주혁의 눈으로 보는 에르간은 NPC가 맞았다.

"주인님. 어서 눈을 뜨세요. 떠서 라리엘의 몸을 만져주세요. 주인님의 따스한 손길이 그리워요."

그 음성이 묘하게 달떴다. 비음이 많이 섞인 라리엘의 손가락 끝이 에르간의 입술을 만지고, 턱을 지나 가슴팍을 문질렀다.

"주인님. 아! 나의 주인님."

라리엘은 마치 목마른 자가 애타게 물을 찾듯, 그렇게 에르간을 불렀다.

그때. 목소리가 들려왔다.

"나를 잘도 이렇게 밀어 넣었겠다."

"에르간?"

한주혁이 재미있다는 듯, 에르간을 쳐다봤다. 기억이 남아 있는 상태의 NPC인가, 아니면 진짜 에르간이 NPC화 된 건가.

"진짜 궁금해서 그러는데. NPC화가 진행이 된 거냐?"

"네 덕분이지."

에르간이 천천히 몸을 일으켰다. 몸이 뜻대로 움직이지 않는 듯 약간 비틀거렸다. 라리엘이 에르간의 몸을 받쳤다. 에르간의 몸을 일으켜 줬다.

"주인님. 너무 오래 주무셨어요. 몸이 말을 듣지 않을 것이어요. 라리엘, 라리엘을 먼저 안아주세요."

라리엘이 에르간의 품을 파고들었다. 주인을 만난 강아지처럼 볼을 에르간의 가슴이 비볐다.

에르간이 자랑스레 말을 이었다.

"나는 성스러운 관의 인정을 받았다. 덕분에 이렇게 새롭게 다시 태어날 수 있었지."

"오호?"

"내 클래스 명은 세인트 로드다."

말하자면 성스러운 군주 정도 되는 것 같다.

한주혁은 피식 웃고 말았다.

'자랑하고 싶어서 안달 난 사람 같네.'

어차피 서로 공격 불가 설정이라 공격은 못 한다지만, 이쪽에서 묻지 않아도 술술 클래스 명과 정보를 불어대기 시작했다.

"이곳은 나의 권역. 네가 아무리 강해도, 앞으로 여기서 살아 나갈 수는 없을 거야."

"근데 왜 날 죽이려 하는 건데?"

"몰라서 묻나?"

첫째로.

"네가 나를 관 속으로 밀어 넣었지."

"결과적으로 좋았잖아?"

"건방진 새끼."

에르간은 그게 마음에 들지 않았다. 감히 자신을 죽이려 들다니. 결과적으로 자신에게 좋게는 됐지만, 어쨌든 적대악을 용서할 수는 없었다.

둘째로.

"이 던전 최후의 보상을 네게 넘겨줄 수 없기 때문이다."

옆에서 라리엘이 고개를 끄덕였다.

"이곳의 모든 것은 주인님의 것이니까요. 오로지 주인님만이 나의 주인. 이곳의 주인. 이곳의 모든 것이 주인님의 것이니까요."

에르간은 마치 오래된 연인을 옆에 둔 것처럼 라리엘의 머리를 쓰다듬었다. 그 손길이 기분 좋은 듯 라리엘이 목을 움츠리고 배시시 웃었다.

한주혁은 황당한 듯 에르간과 라리엘을 쳐다봤다.

'깃털이 또 붉어졌네.'

언제 봤다고. 저렇게 달라붙어서 다정하게 구는 건지 모르겠다.

그러거나 말거나, 에르간이 계속해서 말을 이었다.

"셋째. 네놈이 루블랑의 유산을 가로챘기 때문이다."

에르간은 굳게 믿었다. 저놈, 그러니까 적대악이 루블랑의 유산을 얻게 되어, 자신에게 돌아왔어야 할 '적대악'의 칭호가 저놈에게 갔다고 말이다.

"그거랑 너랑 뭘 상관인데?"

"내가 네놈보다 먼저. 루블랑의 유산을 향해 클리어를 진행 중이었다."

"아."

접근 방식은 달랐겠지만 에르간도 루블랑의 유산을 향해 가고 있었던 모양이다.

"감히 너 따위가. 내가 가졌어야 할 보상과 명예를 모두 훔쳐가 버렸어."

"감히라고 보기에는 좀 세지 않냐? 봤잖아?"

지금 새로운 클래스로 다시 태어났다고 많이 기고만장한 것 같다. 도대체 어떤 능력이 생겼길래 저렇게 기세등등한 건지 모르겠다. 갑자기 레벨이 1,000쯤 높아지는 게 아니라면, 혹은 절대악인 자신처럼 사기적인 스탯이 없다면 저렇게 자신만만하면 안 될 텐데.

"그러다 맞으면 아프다. 좀 많이."

그 말에 에르간이 여유롭게 웃었다. 적대악의 말은 들리지 않는 것 같았다.

"아무래도 좋아. 어쨌든 나는 새로운 힘을 가지고 다시 태어났으니까."

"아니, 그래서 NPC가 된 거 맞냐니까?"

플레이어가 NPC가 된다니, 이거 너무 신기하지 않은가. 예전에도 이런 것들이 있었나? 있었는데 내가 모르는 건가? 아니면 처음 이런 일이 발생한 건가?

"나는 이제 이 세계의 진정한 주민이 된 것이다."

"그럼 로그아웃은 어떻게 해?"

"나는 이 세계의 주민. 로그아웃을 굳이 할 필요가 있나?"

한주혁은 거기서 묘한 이상함을 느껴야만 했다.

'설정이 저래서 일부러 저렇게 말을 하는 거야, 뭐야?'

로그아웃을 안 한다니. 올림푸스가 아무리 현실 같아도 완전히 현실은 아니다. 어쨌든 진짜 육체가 있는 곳은 현실이다. 그 현실로 돌아가는 것이 바로 로그아웃인데.

"로그아웃 안 하면 죽잖아?"

"그런 가짜 세상의 몸이 죽는다고 해서, 뭐 문제될 게 있나?"

에르간이 또 흐흐흐-하고 웃었다.

"이곳에서 나는 라리엘과 함께 영생을 누릴 것이다."

그 말에 라리엘이 활짝 웃더니 에르간을 와락 끌어안았다.

"주인님. 저는 주인님밖에 없어요. 아, 나의 주인님. 오, 나의 주인님. 나의 주인님. 라리엘의 주인님."

그녀의 얼굴이 잔뜩 붉어졌다. 굉장히 흥분한 강아지 같았다.

한주혁은 그런 광경에 그다지 동요하지 않았다. 묻기만 하면 대답을 아주 잘해준다. 이럴 때 정보를 얻어놓는 것이 좋다.

"NPC화가 진행되면…… 부활은 못 해?"

"부활?"

에르간이 피식 웃었다.

"죽을 일이 없는데. 다시 살아날 필요가 있나?"

그러고서 한주혁을 쳐다봤다.

"네놈이 적대악 칭호를 가져갔고 세인트 가드의 칭호까지 먹어버렸어. 그건 원래 내 것이어야 했다."

그냥 쳐다보는 게 아니라 노려봤다. 조금 분노한 것 같았다.

"앞으로 너는 나를 공격할 수 없다."

알림이 들려왔다.

-'성스러운 무덤'의 주인 세인트 로드가 '성스러운 무덤'의 설정 값을 설정합니다.

-'성스러운 무덤'의 주인이 공격 대상과 공격 불가 대상을 설정 합니다.

-'성스러운 무덤'에서 사망 시, 모든 아이템이 드랍됩니다.

한주혁에게 몇몇 알림이 들려왔다.

'아. 이래서 자신이 넘쳤나?'

나는 저쪽을 공격할 수 없다. 그런데 저쪽은 이쪽을 공격할 수 있다. '성스러운 무덤'의 주인인 '세인트 로드'가 그렇게 설정 했으니까. 게다가 여기서 죽으면 모든 아이템이 드랍된다. 세계

12대 초인 아이템마저도 드랍될 수 있다는 얘기다.

한주혁이 말했다.

"믿는 게 겨우 이 정도면. 아플 텐데, 좀 많이."

한주혁이 어깨를 으쓱했다.

"아까 웜 킹이 참 많이 아팠었는데."

웜 킹은 참 여러 번 터졌다. 아주 좋지 못한 그곳이.

마렌도 봤고 푸트론도 봤다. 남자들이 보기에는 끔찍하기 짝이 없던 광경이었다.

에르간이 한 발자국 뒤로 물러섰다.

"라리엘, 나를 위해 저놈을 죽여줄 수 있겠지?"

"물론이어요, 주인님. 라리엘은 주인님을 위해 모든 것을 할 수 있으니까요."

라리엘이 자리에서 일어섰다.

"흠."

한주혁은 아까 라리엘의 능력을 얼핏 봤다. 마성격과 비슷한 능력을 가진, 하얀색 창을 소환하는 능력을 가졌었다.

'맞아보진 않았지만……'

라리엘은 굉장히 성가신 NPC다. 아니, 방금까지는 NPC였다.

-'성스러운 무덤'의 설정값 변화로 인하여 개체 설정값이 재구성됩니다.

이제부터는.

'NPC형 몬스터.'

한주혁에게는 NPC형 몬스터가 됐다. 던전, 던전의 주인, 그리고 침입자인 플레이어. 이렇게 설정되었다.

'말하자면 준보스 몬스터 정도 되겠네.'

진짜 보스 몬스터가 NPC화된 에르간이라면, 준보스 몬스터가 라리엘 정도 되는 것 같다.

"믿었던 게 라리엘과 설정값 고정뿐이야?"

한주혁이 케르핀의 낙서장을 꺼냈다.

케르핀의 낙서장, 원래 2장밖에 안 남았었는데, Siri가 친절하게 헌납해 줘서 무려 4번이나 쓸 수 있다.

에르간이 피식 웃었다.

"설마. 나도 케르핀의 낙서장에 대해서 알고 있는데."

설정값 변화, 그리고 라리엘은 에르간이 노리던 '진짜 수'는 아니었다.

"네 능력이 엄청나다는 것은 인정한다. 비록 그것이 내게서 도둑질한 능력이기는 하지만."

원래 내 것이었을 '적대악'의 능력을 몰래 훔쳐간 도둑놈이기는 하지만, 어쨌거나 대단한 것은 맞다.

"하지만 과연…… 이렇게 해도 네가 대단할까?"

에르간이 생각한, 비장의 수를 발현시켰다. 한주혁에게 알림이 들려왔다.

"적대악은 여기서 끝이다."

한주혁조차도 감탄할 정도였다.

'와. 이런 게 가능하다고?'

to be continued

밥만 먹고
레벨업

박민규 게임 판타지 장편소설
WISHBOOKS GAME FANTASY STORY

바사삭, 치킨. 새벽 1시에 먹는 라면!
그런데 먹기만 해도 생명이 위험하다고?

가상현실게임 아테네.
먹고 싶은 음식을 먹을 수 있는 유일한 방법!

[식신의 진가가 발동됩니다.]
[힘 1, 체력 1을 획득합니다.]

「밥만 먹고 레벨업」

"천년설삼으로 삼계탕 국물 내는 놈이 세상에 어디 있냐!"
"여기."

만 년 만에 귀환한 플레이어

나비계곡 퓨전 판타지 장편소설
WISHBOOKS FUSION FANTASY STORY

어느 날, 갑작스럽게 떨어진 지옥.
가진 것은 살고 싶다는 갈망과 포식의 권능뿐.

일천의 지옥부터 구천의 지옥까지.
수십만의 악마를 잡아먹고 일곱 대공마저 무릎 꿇렸다.

"어째서 돌아가려 하십니까?"
"김치찌개가… 김치찌개가 먹고 싶다고."

먹을 것도, 즐길 것도 없다.
있는 거라고는 황량한 대지와 끔찍한 악마뿐!

"난 돌아갈 거야."

「 만 년 만에 귀환한 플레이어 」